Silke Lüttmann

**Labrador Siley
ermittelt**

# Tod
# an der
# Bokeler Brücke

Ammerland-Krimi

Für
Bettina und Helmut

Schön, dass es Euch gibt

Die Autorin:

Geboren 1971, aufgewachsen in Bad Zwischenahn und nach dem Abitur lange Jahre als Fitnessfachwirt tätig gewesen.

Sie lebt mit einem Hund glücklich im schönen Ammerland und träumt von einem Resthof, auf dem sie Schafe und noch mehr Hunde halten kann.

© 2023 Silke Lüttmann
Herstellung und Verlag:
BoD – Books on Demand, Norderstedt
ISBN: 9783752835953

## Prolog

Mein Name ist Siley, ich bin von blauem Blut. Ich lebe mit meinem Frauchen Silke auf einem Resthof und genieße es, von ihr verwöhnt zu werden.

Am liebsten sind wir draußen in der Natur und ich beobachte gern, wenn Silke sich um unsere 7 Schafe und die Hühner kümmert. Manche Menschen würden unser Leben als langweilig bezeichnen, aber ich kann Ihnen sagen, das Gegenteil ist der Fall, denn Silke und ich geraten immer wieder in aufregende Abenteuer und meine Spürnase ist uns dann von großem Nutzen, wobei ich Frauchens messerscharfen Verstand nicht ganz unerwähnt lassen möchte.

Unterstützung erhalten wir dabei von Freunden, die uns nicht im Stich lassen und unser Leben fröhlich machen.

# 1

Als das Telefon klingelte, lag ich gemütlich in meinem Bettchen am Ofen. Es war ein früher Abend Ende April und Silke hatte den Ofen angemacht, da es nachts doch noch recht kühl war. Ich sah Silke zu, wie sie ans Telefon ging und sich meldete „Lüttmann". Ihr Gesicht strahlte von einem Moment auf den anderen und mein Interesse war geweckt, wer wohl am anderen sein mochte. „Wirklich? Oh man, das ist ja riesig." Silke lauschte eine Weile in den Hörer, „Wann genau denn? Ich richte dann alles her." Meine Ohren waren gespitzt und ich konnte es kaum abwarten, bis Silke mir erzählte, was so toll war, dass sie über das ganze Gesicht strahlte. Es musste etwas Besonderes sein, das spürte ich bereits. Silke legte den Hörer auf, nachdem sie sich verabschiedet hatte und hüpfte mit einem Mal durch die Küche. „Herrlich!" jubelte sie und tanzte umher. Ich erhob mich und lief, angesteckt von Silkes Fröhlichkeit, hinter ihr her. Sie drehte sich zu mir und hockte sich vor mich. Mit beiden Händen nahm sie meinen Kopf und sagte „Weißt Du, wer kommt?" Ich sah sie erwartungsvoll an. „Thea und Hinnerk! Sie kommen nächste Woche und wollen zwei Wochen Urlaub bei uns machen." Ich verstand noch nicht. „Sie bringen Emma mit, Du kennst sie doch noch." Ich wedelte mit dem Schwanz, denn nun wusste ich, wen Silke meinte. Sie kannte Thea und Hinnerk noch von früher und nachdem sie ins Ammerland zurückgekommen war, hatten sie uns in unserem vorherigen Zuhause einmal besucht. Emma ist ihr Hund, sie ist einiges jünger als ich, aber ich mochte sie.

„Wir müssen sauber machen, einkaufen und ich muss noch Kuchen backen. Was stehen wir hier herum, lass uns anfangen." Silke sprang auf und ging ins Gästezimmer. Ich folgte ihr, mehr aus Neugier, als dass ich helfen wollte. Es roch nach Rainer, der des Öfteren dort übernachtete. Silke zog das Bett ab und ging in die Waschküche. Die Waschmaschine zog Wasser und Silke beschloss, nun in den Stall zu gehen. „Das erste ist gemacht, aber nun sind die Damen dran, oder was sagst du dazu?" Sie sah mich an. Ich bellte kurz und lief zur Tennentür voraus.

Im Stall war es warm und es roch wunderbar nach Heu und den Schafen. Ich mochte den Geruch und lief mit der Nase am Boden durch die Boxen. „Pflügst du den Boden?" lachte Silke und ich freute mich über ihre gute Laune. Sie warf Heu nach mir und wir tobten eine Weile herum. „Nun muss ich aber etwas tun", sagte Silke und holte ihre Forke und die Schubkarre. Die Auen waren auf die angrenzende Weide gegangen und grasten in der Frühlingssonne. Als Silke fertig war und die Boxen frisch eingestreut waren, lehnte sie sich über den Zaun und beobachtete unsere sieben Schafe. Sie schauten zu uns herüber und blökten leise. „Was meinst du?", Silke sah mich an, „Es ist wohl an der Zeit, dass die Damen einen frischen Haarschnitt bekommen, oder?" Ich blickte über die Wiese und nun fiel auch mir auf, dass die Schafe sehr viel Wolle trugen. „Na komm", forderte Silke mich auf, „Wir gehen rein und ich rufe Tammo an." Tammo ist der Schäfer, den Silke immer holt, wenn es ums Scheren geht.

Ich rannte voran ins Haus und wartete auf Silke am Küchenbuffet, damit sie mir ein Leckerli gab. Silke öffnete den Schrank und ich steckte den Kopf hinein. „Raus da!", schimpfte Silke mit mir und schob mich sanft zurück. Sie reichte mir einen Geflügelstick, den ich auf meine Matte trug und dort kaute. Der Wasserkocher begann zu blubbern und Silke legte noch einen Scheit Holz im Ofen nach, bevor sie sich einen Kaffee kochte. Dann nahm sie ihr Smartphone zur Hand und rief Tammo an. „Guten Morgen. Haben deine Schützlinge schon alle gelammt?" Silke unterhielt sich eine Weile mit Tammo über die diesjährigen Geburten an Schafen und verabredete dann mit ihm einen Termin am Ende der Woche, damit er unsere Schafe scheren würde. Ich döste nach dem Genuss der Kaustange ein und hörte nur mit einem Ohr zu, wie Silke eine Sprachnachricht an Rainer einsprach. Sie teilte ihm mit, dass Thea und Hinnerk in der Woche drauf zu Besuch kämen und er sich doch bitte etwas Zeit einplanen solle, damit er Silkes langjährigen Freunde kennenlernen könne. Rainer war schon einige Zeit nicht mehr bei uns gewesen, er hatte viel zu tun mit Einkommensteuererklärungen und Jahresabschlüssen. Ich fand das nicht so schlimm, denn dann hatte ich Silke für mich ganz allein.

Während ich schlief, hatte Silke das Gästezimmer vorbereitet und sie kam mit dem Staubsauger gerade aus dem Zimmer, als es an der Tür klingelte. Ich sprang auf und rannte bellend zur Tür. Silke drängte mich zurück und öffnete die Tür, ich schoss an ihr vorbei und rannte zum Tor. Dort standen Hanne und Barney, der mich durch die Holzlatten im Tor beschnupperte. Die Frauen begrüßten sich und Silke ließ die beiden ein. Barney und ich rannten über den Hof und tollten herum. „Lass die beiden spielen", sagte Silke und ging mit Hanne in die Küche. Sie setzten sich an den Tisch und tranken Tee. Hanne erzählte, dass Hansi und sie am nächsten Tag in den Urlaub fahren wollten. Sie hatten spontan ein

Ferienhaus an der See gebucht. Barney und ich schlenderten zur Tür herein, in der Hoffnung, einen Keks abzustauben, doch leider gab es keinen. Ich hörte, wie Hanne berichtete, dass sie mit Barney fahren würden und sah meinen Kumpel an. Dieser legte den Kopf auf die Seite und stupste mich an. Nach dem Tee verließen Hanne und Barney uns, Silke wünschte ihnen einen schönen Urlaub und bat darum, ihr Muscheln vom Strand mitzubringen. Die Frauen umarmten sich zum Abschied und ich leckte Barney kurz über die Schnauze. Dann gingen die beiden wieder und wir sahen ihnen nach, als sie in ihre Einfahrt einbogen. „Urlaub... Das wäre schon mal schön, aber mit den Schafen für uns nicht machbar." Ich zog Silke mit den Zähnen am Ärmel und sie sah mich an. Dann rannte ich über den Hof und zu ihr zurück. „Du hast Recht!" rief Silke, „Wir leben jeden Tag Urlaub." Sie warf den Ball, der unter den Rhodos lag und ich sauste hinterher und bellte erfreut.

Später lag ich am Zaun in der Sonne und beobachtete im Halbschlaf die Straße, auf der nichts los war. Bei uns kamen nur selten Fahrzeuge vorbei, in der Regel waren es nur die Nachbarn oder der Bauer, der seinen Acker am Ende der Sackgasse hatte, und auch Radfahrer verirrten sich kaum hier entlang, da der Weg am Acker endete.

So döste ich und genoss die Sonne auf meinem Fell, als ein kleiner Geländewagen vor unserem Tor hielt. Sofort stand ich parat und kündigte den Besucher mit lautem Bellen an. Silke kam aus dem Stall und rief mich zur Ruhe. Ich blieb neben Silke stehen und erkannte dann, wer uns mit seinem Besuch beehrte, es war der Schäfer, der den Schafen die Klauen schneiden und sie scheren sollte. Ich beschnupperte den Gast ausgiebig, der die verschiedensten Gerüche von seinen heutigen Hofbesuchen an sich trug. Michael tätschelte mich und gab mir ein Stückchen Dörrfleisch, mit dem ich flink davonstob, um es auf meiner Matte vor dem Tennentor zu verspeisen.

Silke und Michael betraten den Stall, in dem unsere Auen lautstark blökten, da sie lieber draußen auf der Weide wären, als jetzt im Stall zu stehen. Silke holte ein Schaf nach dem anderen aus der Box und hielt es in Sitzposition fest, damit Michael die Klauen schneiden konnte, er übernahm dann das Schaf und scherte es in rasanter Geschwindigkeit. Sobald er das Schaf losließ, preschte es in Richtung Stalltor, durch das Silke die Schafe nach der Prozedur auf die angrenzende Koppel laufen ließ. Nach einer guten Stunde liefen unsere sieben nun von der Wolle befreiten Schafe ruhig auf der Koppel herum und grasten in Ruhe. Ich stand am Zaun und fragte mich, ob die Schafe nun wohl frören, doch sie schienen eher zufrieden ohne die viele Wolle am Körper. Michael verpackte die Wolle in große Tüten und brachte sie zu seinem Wagen, während Silke den Stall ausfegte. Sie stand auf den Besen gestützt am Stalltor und sah glücklich zu den Schafen. „Ist das doch schön, oder?", sie sah zu mir herab, „Unsere Damen sind wieder hübsch." Ich wedelte mit der Rute und blickte dann zum Einfahrtstor, wo Michael wieder auf den Hof kam. Silke folgte meinem Blick und stellte den Besen in die Ecke. „Komm" sagte sie zu mir, „nun gibt es erst mal Tee und du bekommst dein versprochenes Schweineohr."

Die beiden Menschen machten es sich am großen Esstisch gemütlich und tranken Tee, zu dem Silke ostfriesische Blätterbrezeln reichte. Ich kaute an meinem Schweineohr und hoffte, noch ein Stückchen von einer Brezel zu bekommen. Silke erkundigte sich über die Schafe der anderen Schäfer und Michael erzählte von den Lämmern aus diesem Jahr. Silke bekam leuchtende Augen und Michael lachte „Ich sehe es kommen, nächstes Jahr laufen hier wieder ein paar schwanzwedelnde kleine Lämmchen herum." Silke lehnte sich zurück und lächelte nur.

Michael beugte sich vor und stützte beide Ellenbogen auf den Tisch. „Hast du schon von diesen Partys in der Stickhausener Burg gehört?" Silke sah in fragend an. „Was für Partys?" Michael nahm noch einen Schluck Tee und begann zu erzählen. „Dort kommen wohl die oberen Zehntausend zusammen und lassen es krachen. Jeder will zeigen, was er hat." Er nahm sich noch eine Brezel und ich sah ihn gespannt an. Silke trommelte mit den Fingern auf den Tisch „Was ist an solchen Partys denn nun Besonderes? Es werden doch ständig irgendwo Feiern veranstaltet, wo auch ein wenig geprotzt wird. Das ist doch ok." Sie sah Michael an. „Ja, aber hier verkleiden sich alle und von Glücksspiel ist auch die Rede." Silke zuckte die Schultern, „Nun ja, ein wenig Nervenkitzel unter anderen Bedingungen. Da scheint die Burg doch ein schönes Ambiente dafür zu sein." Michael grinste, „Also warst du bisher nicht eingeladen?" „Nein, ich bin doch ein verrücktes Landei, mich lädt keiner zu elitären Feiern ein." lachte Silke laut auf. „Schade" meinte Michael, „Ich dachte, du könntest mich einmal mitnehmen, zu einem, Runde Roulette würde ich nicht Nein sagen." „Ach Michael, obwohl ich die tollsten Tiere besitze und Menschen um mich habe, die mit Geld nicht zu bezahlen sind, bin ich wohl nicht reich genug, um eingeladen zu werden." zwinkerte sie

Michael zu. Dieser klatschte in die Hände und lachte laut, „Du bist ein Unikum." Dann stand er auf, dankte für den Tee und Silke beglich die Rechnung für seine Arbeit. Als er davonfuhr, sah Silke mich an, „Der Michael ist schon ein lustiger Typ, oder Siley?" Ich trabte neben Silke her und wir gingen ins Haus, wo Silke weiter mit den Vorbereitungen für den anstehenden Besuch machte.

„Siley, komm, Jacke anziehen", rief Silke nach mir und ich rappelte mich aus meinem gemütlichen Bettchen in der Küche hoch. Müde streckte ich meine Glieder, hatte ich doch so fest geschlafen, dass ich gar nicht mitbekommen hatte, dass Silke schon alles saubergemacht hatte. Sie stand schon mit meinem Geschirr in der Hand an der Tür und wartete auf mich. „Na komm, mein kleiner Engel, wir wollen nach Leer, einkaufen. Dort kannst du dann bei der Evenburg etwas laufen." Ich schüttelte mich noch einmal durch und war bei dem Gedanken an einen Gang an den wohlduftenden Park bei der Evenburg schlagartig putzmunter.

Wir fuhren los und ich schaute aus dem Autofenster auf das frische Grün der Frühlingslandschaft. Silke summte leise die Lieder im Autoradio mit, sie hatte sehr gute Laune. Wir fuhren über Detern, da Silke, wenn sie nach Leer fährt, den Weg über Amdorf und die dortige schmalste Brücke Europas am liebsten fuhr. Am Ende der Straße mussten wir nach links abbiegen und Silke warf einen Blick nach rechts, um zu schauen, ob die Straße frei wäre. Dann fiel ihr Blick auf die Burg in Stickhausen und sie lachte. „Vorhin noch mit Michael darüber gesprochen und nun kommen wir selbst daran vorbei", sagte sie zu mir über den Rückspiegel gewandt. Ich schaute ebenfalls zu Burg und wunderte mich, als Silke statt dann wieder rechts abzubiegen, nach links lenkte und auf dem Parkplatz anhielt. „Wollen wir kurz zur Burg laufen?" fragte sie mich. Ich stand im Wagen und wedelte erfreut mit dem Schwanz. Silke ließ mich heraus und leinte mich an. „Bleib dicht bei mir, wir wollen nur mal zur Burg gehen, mehr nicht. Vielleicht kann ich da auch ein paar Eier kaufen."

Silke vergewisserte sich, dass die Straße frei war und wir steuerten zur Burg. Sie wirkte auf mich eher trist, wenngleich sie baulich interessant vor uns lag. Silke sah sich verstohlen um, doch es war niemand zu sehen. „Dass hier Partys für die oberen Zehntausend stattfinden sollen, kann ich mir nicht so recht vorstellen. Schloss Evenburg wäre da doch weitaus pompöser." Ich lief eher gelangweilt neben Silke her, da nichts von Aufregung für mich erkennbar war. Silke suchte den kleinen Eierstand und nahm zwei Pakete heraus, sie legte das Geld für die Eier in die kleine Kasse, die danebenstand. Dann gingen wir wieder zum Auto und setzten unsere Fahrt über Amdorf nach Leer fort. Silke hatte die Fenster geöffnet und wir genossen die schöne Luft um unsere Nasen und den freien Blick über die wunderbare ostfriesische Landschaft. Bei den vielen Kurven nach dem Überfahren der schmalen Brücke, wurde mir etwas gammelig, Auto fahren ist einfach nicht meine Stärke, und so konzentrierte ich mich auf den Gang im Park der Evenburg, den wir dann auch recht schnell erreichten. Ich schoss auf dem Kofferraum und flitzte von Baum zu Baum. Silke fing mich beim vierten Baum lachend ein und befestigte die lange Schleppleine an meinem Geschirr. „Nun kannst du rennen!" rief sie fröhlich aus und ich lief die lange Allee voran, die Nase dicht am Boden.

Silke lief im flotten Tempo hinter mir her und wir kamen im Park an, wo einige andere Hunde mit ihren Besitzern herumliefen. Die Menschen unterhielten sich kurz und wir Hunde beschnüffelten einander. Ich ignorierte die, die wild und hektisch auf mich zu rannten, dafür bin ich inzwischen zu alt und schätze eher die Gemütlichkeit. Eine gute halbe Stunde blieben wir dort und dann gingen wir im Schlenderschritt wieder die herrliche Allee zum Auto zurück. Silke fuhr zum nahegelegenen Einkaufszentrum, ließ alle Fenster herunter und reichte mir ein Leckerchen durch die Stäbe des Gitters zum Kofferraum. „Ich beeile mich, Schätzchen. Sei brav und pass auf unser Auto auf." Ich schaute Silke nach, wie sie im Einkaufszentrum verschwand und rollte mich dann in den Kofferraum zu einem kleinen Schläfchen zusammen.

Eine Weile später hörte ich Silkes Stimme und schaute schnell auf dem Autofenster. Sie kam mit zwei großen vollen Taschen in der einen und dem Smartphone in der anderen Hand zum Wagen zurück. „Okay, bis gleich dann. Bestell doch schon mal einen Cappuccino und ein Stück Käsekuchen für mich und eine kleine Kugel Vanilleeis auf einem Teller für Siley." Silke brauchte mir nicht sagen, was wir vorhatten, ich wusste es schon, wir waren mit Rainer verabredet. Die Taschen verstaute Silke auf dem Rücksitz und grinste mich an, „Ich sehe, du hast mich belauscht. Wir fahren noch schnell in die Innenstadt und treffen Rainer auf einen Kaffee." Ich setzte mich auf meinen Stammplatz im Kofferraum und als Silke am Hafen parkte, stand ich bereits parat, um mir mein Eis zu genehmigen.

Rainer begrüßte uns, indem er Silke umarmte und mir die Ohren kurz knetete. Die beiden setzten sich und Rainer stellte mir mein Eis, zu dem ich sogar noch eine Waffel bekam, vor die Nase. Sofort begann ich es, aufzulecken, während Silke Rainer vom den Partys in der Stickhausener Burg erzählte. Rainer lachte, „Ich glaube, da ist sicher mit einigen die Fantasie durchgegangen, jedenfalls habe ich noch von keinem Mandanten davon gehört." Dann sprachen die beiden über den anstehenden Besuch von Thea und Hinnerk. Ich hatte meinen Kopf auf Silkes Bein gelegt, nachdem ich mein Eis verputzt hatte und wartete nun ungeduldig darauf, dass wir wieder nach Hause fuhren. „Siley möchte nach Hause", sagte Silke zu Rainer und die beiden erhoben sich und Rainer sagte noch, dass er am Abend Nudeln vom Italiener mitbringen wollte, dann trennten wir uns und ich eilte zum Auto zurück. „Ja, du hast nun Hunger, ich weiß, es hat alles etwas länger gedauert als geplant, entschuldige bitte." Ich stupste Silkes Hand und sie gab mir ein Möhrchenstück. Den Rückweg fuhren wir über die Autobahn und ich sprang zu Hause angekommen, erleichtert aus dem Wagen, das war genug Ausflug für heute gewesen. Die Schafe standen bereits am Zaun und wollten Heu. Silke versorgte sie erst mit mehreren Ballen Heu, fütterte dann mich und machte sich im Anschluss an das Auspacken der Einkaufstaschen.

Als Rainer eine gute Stunde später bei uns eintraf, legte ich mich in mein Bettchen am Ofen, den Silke abends noch anmachte, da die Abende kühl waren, und ließ die beiden in Ruhe essen. Rainer öffnete eine Flasche Alster, die die beiden sich teilten, und schmiedeten Pläne für den Besuch von Silkes Freunden. Ich mochte diese Abende, wenn die Menschen gemütlich zusammensaßen und ich zwischendurch gekrault wurde.

## 2

Die Tage bis zur Ankunft von Thea und Hinnerk verflogen im Nu und ich spürte Silkes freudige Aufregung, als sie am Tag davor morgens aufstand. Ich freute mich schon auf Emma, mit der ich auf unserem Hof spielen und toben wollte. Singend und pfeifend lief Silke mit dem Putzlappen und dem Wischer durchs Haus. Von meinem Hundebett aus schaute ich ihr zu und ärgerte mich, dass ich nicht in Ruhe schlafen konnte, musste aber auch über Silke lachen, weil sie so lustig hin- und herhoppste bei der Hausarbeit. Als sie endlich fertig war, gingen wir in den Stall, den Silke dann auch ordentlich ausmistete und mit frischer Einstreu aufhübschte. Ich verzog mich dann nach draußen und gesellte mich zu den Schafen, die in der Sonne standen und grasten. Gemütlich schlenderte ich über die Weide und versuchte die ein oder andere Hummel zu fangen, ohne Erfolg jedoch.

„Siley?", Silke stand am Stalltor und suchte mich. Flink rannte ich zu ihr und sie erwartete mich am Zaun, von wo aus sie über die Wiese zu den Schafen schaute. Als ich bei ihr war, gab sie mir ein Leckerchen, „Ich backe nun Brot und Kuchen. Willst du mit in die Küche?" Ich schüttelte mich und begab mich wieder auf die Weide, mir war danach, die frischen Gerüche des

Frühlings zu erschnuppern, statt mich im Haus aufzuhalten. Silke ging dann allein ins Haus und ich hörte noch, wie sie die Schränke öffnete und schloss und schließlich mit der Küchenmaschine hantierte. Eine Weile später kam sie wieder heraus und begann, den Hof zu fegen. Ich biss spielerisch in den Besen und Silke tobte einen Moment mit mir herum. „Nun ist aber Schluss, ich muss doch fertig werden.", ermahnte sie mich.

Das Brot roch verführerisch und lockte mich ins Haus. Silke verzierte gerade die Torte und brachte sie dann in den Vorratsraum. Ich saß vor der Arbeitsplatte und hoffte, ein Stück vom Brot zu bekommen. „Nicht helfen, aber essen wollen", Silke schnitt ein Stück Brot ab und reichte es mir mit einem verschmitzten Lächeln, dann stellte sie die beiden anderen Brotlaibe ebenfalls in den Vorratsraum. Ich leckte mir gerade über die Pfoten, als Rainer zur Tür hereinkam. „Das riecht aber köstlich." begrüßte er Silke und streichelte mir über den Kopf. Die beiden deckten gemeinsam den Tisch und aßen ihr Abendbrot.

Der nächste Tag begann früh, denn Silke stand noch vor Sonnenaufgang in der Küche und machte sich einen Kaffee. Ich döste noch ein wenig vor mich hin und stand erst aus meinem

Bett auf, als Rainer aufstand. Wir Männer begrüßten uns und ließen uns von Silke das Frühstück machen, die bereits vor Energie nur so platzte. „Jungs, macht Euch frisch, Thea und Hinnerk können jeden Moment da sein." Rainer sah mich an und ich legte die Pfote auf meine Schnauze und folgte ihm, damit er mir die Tennentür öffnete. Er selbst ging ins Bad, während ich eine Runde durch den Garten drehte und mir dann einen Platz am Hoftor suchte, von wo aus ich sehen konnte, wenn unser Besuch und vor allem Emma ankämen.

Als ein Wohnmobil in unsere Straße bog, schlug ich bellend an, um Silke zu informieren, dass unsere Gäste im Anmarsch waren. „Ich komme!" rief Silke und zog sich im Laufen ihre Schuhe an. Sie öffnete bereits das Tor, damit das Wohnmobil direkt auf unseren Hof fahren konnte. Thea winkte wie wild und Hinnerk lachte als sie einbogen. Die Freude übertrug sich auf mich und ich rannte bellend hin und her, was Rainer auf den Plan holte. Er blieb jedoch in der Dielentür stehen und wartete, bis Silke erst Thea und dann Hinnerk herzlich umarmte zur Begrüßung. Die beiden Frauen plapperten und lachten, Hinnerk öffnete die Seitentür vom Wohnmobil und ließ Emma heraus, die auf mich zu sauste und mich zum Spielen aufforderte. Wir rannten über den Hof, schlugen Haken und ich freute mich, dass meine kleine Freundin da war. Die Menschen sahen uns noch kurz zu, „Lassen wir sie toben, es ist alles eingezäunt und es kann nichts passieren.", sagte Silke.

Rainer begrüßte Silkes Freunde und sie stellten sich einander vor. Thea schaute ihn prüfend an und ging dann an ihm vorbei ins Haus. Hinnerk sprach noch eine Weile vor dem Haus mit Rainer, bevor sie den Frauen folgten. Emma und ich spielten noch auf der Schafweide miteinander, bis wir durstig ins Haus liefen und gemeinsam aus meinem Wassernapf soffen. Mit triefenden Schnauzen gingen wir zum Esstisch, an dem die Menschen saßen und Kaffee und Kuchen zu sich nahmen. Silke unterhielt sich rege mit Thea und die beiden lachten viel. Rainer saß schweigend daneben und hörte zu, während Hinnerk sich zu Emma und mir wandte und uns streichelte. Für Emma und mich gab es dann noch einen Keks und Rainer verabschiedete sich „Ich lass Euch dann noch ein wenig in Ruhe sabbeln. Bis morgen dann." Thea nickte nur kurz in seine Richtung und Silke winkte ihm hinterher. Hinnerk begleitete Rainer zum Wagen und schlenderte dann über den Hof. Nachdem Thea und Silke den Tisch abgeräumt hatten, folgten sie uns auf den Hof, wo Hinnerk bei Silkes altem Schlepper stand. Er drehte sich um,

„Mensch Silke, das ist aber ein toller Trecker", rief er. Silke wedelte mit dem Schlüssel in der Hand und warf Hinnerk diesen zu. „Willst du eine Runde fahren?" Hinnerk stieg sofort auf den Fahrersitz und startete den Motor, der holprig ansprang und dann mit tuckerndem Geräusch langsam anfuhr. Thea verdrehte lachend die Augen „Das war ja klar." Hinnerk fuhr im den Stall und Silke öffnete das Gatter der Moorkoppel, damit Hinnerk eine Tour drehen konnte. Ich jagte mit Emma hinter dem Trecker her. Thea ging in den Stall und sah sich um. „Du hast das wirklich schön hier. Aber das ist sicher auch viel Arbeit." Silke nickte, „Ja, durchaus, doch es ist herrlich, im Einklang mit der Natur zu leben."

Als Hinnerk den alten Mc Cormick wieder unterm Schleppdach geparkt hatte, ging Silke zu ihm. „Leider verliert der Motor Öl, ich weiß nur noch nicht wo genau." Hinnerk kniete sich sofort vor den Trecker und klopfte hier und dort herum. Emma saß neben ihm und sah schlau zu. „Ich würde mir den gern morgen mal genauer anschauen", sagte der Hinnerk und Silke klatschte vor Freude in die Hände. „Gern, aber nur, wenn es keine Mühe ist, schließlich seid ihr hier, um Urlaub zu machen." Thea war auf der anderen Seite herumgekommen, „Für Hinnerk ist das eine Freude und keine Mühe" lachte sie.

Wir verbrachten den Abend im Haus und unsere Gäste entluden ihr Gepäck in der Zeit, als Silke den Stall machte und die Schafe hereinholte. Emma unterstützte mich beim Zusammentreiben der Schafdamen. Silke hatte einen Auflauf vorbereitet und bei einer Flasche Wein ließen sich die Menschen das Essen schmecken und unterhielten sich rege. Emma war bereits in meinem Hundebett eingeschlafen, daher legte ich mich davor und döste dann auch weg und bekam nicht einmal mit, dass die Menschen sich zurückzogen.

## 3

In der Nacht hatte ich mich zu Emma in mein Bett gelegt und wir wachten früh morgens gemeinsam auf. Die Menschen schliefen noch und so streckte ich mich und schlich mich zu Silke ins Schlafzimmer, die ihre Tür immer einen Spalt weit offenstehen hatte, damit sie hörte, wenn nachts etwas mit mir sein sollte. Sie schlief noch und ihre Haare lagen in voller Länge auf dem Kopfkissen verteilt. Mein Herz hüpfte ein wenig, sie sah aus wie ein Engel. Silke hatte bemerkt, dass ich den Raum betreten hatte und streckte die Hand nach mir aus. „Guten Morgen, mein Schatz", begrüßte sie mich und knetete meine Ohren sanft, ich knutterte leise vor Wohlgefallen. Als sie aus dem Bett aufstand, lief ich schwanzwedelnd zur Tür, wo Emma schon auf mich wartete. Wir hatten Hunger, doch bevor Silke uns unser Frühstück machte, schickte sie uns für die Morgentoilette nach draußen. „Seid leise, Thea und Hinnerk schlafen noch", gab sie uns mit auf den Weg. Wir beeilten uns und rannten im vollen Galopp zurück ins Haus, jeder wollte der erste am Napf sein, in dem bereits unser Fressen auf uns wartete.

Kurze Zeit später saßen dann auch Thea und Hinnerk am Frühstückstisch und überlegten, was sie den Tag über machen wollten. „Als erstes muss ich die Schafdamen auf die Koppel lassen und den Stall ausmisten. Danach können wir nach Leer an den Hafen fahren." Hinnerk sah Thea an, „Ich würde mir gern den Schlepper einmal anschauen, ob ich das Ölleck finden kann. Ihr könnt aber gern nach Leer fahren und mir ein Fischbrötchen mitbringen." Thea schüttelte den Kopf, „Das habe ich mir schon fast gedacht", sagte sie und damit war die Tagesplanung entschieden.

Nach der Stallarbeit duschte Silke schnell. Hinnerk suchte sich Werkzeug und machte sich an unserem alten Mc Cormick zu schaffen, wobei Emma und ich ihm zusahen. Als Thea und Silke sich von Hinnerk und uns verabschieden wollten, blickte Hinnerk in Richtung Straße. „Hört ihr das auch?", fragte er. Silke schaute in die gleiche Richtung und dann hörte ich es auch. Es war ein seltsames Geräusch, ein Klickediklack im schnellen Tempo. Ich rannte zum Tor, um zu sehen, was sich näherte, und als ich erkannte, was es war, bellte ich wild am Tor. Emma war bei Thea geblieben. Silke wies mich an, ruhig zu sein und ich verstummte. Dann sahen wir vier pechschwarze Pferde herangaloppieren, sie waren mit Trensen gezäumt, aber ohne Sättel. Ich riss die Augen auf und die Pferde liefen im vollen Galopp an unserem Haus vorbei in Richtung Ende der Straße.

Silke sah sich zu Thea und Hinnerk um, dann öffnete sie das Einfahrtstor und rannte hinter den Pferden her, ich folgte ihr.

Am Ende der Straße führte der Weg auf die Weidefläche eines benachbarten Bauers und die Pferde verlangsamten ihr Tempo. Auf der Weide liefen sie dann im Trab hin und her, hoben und senkten nervös die Köpfe und ich blieb aus Vorsicht hinter Silke, die sich nun langsam auf die Pferde zubewegte und dabei leise vor sich hinmurmelte „Ruuuuhig, alles gut..." Eines der Pferde sah Silke und drehte sich zu ihr um, sie blieb stehen und gab mir ein Zeichen, mich abzulegen. Silke bewegte sich im Zeitlupentempo auf das Pferd zu, das sie misstrauisch beäugte, aber stehenblieb und zuließ, dass Silke seine Zügel in die Hand nahm. Ohne weitere Worte drehte sich Silke mit den Zügeln in der Hand um und ging wieder in Richtung Straße. Das Pferd zögerte kurz, folgte Silke dann aber. Sie liefen an mir vorbei, der ich immer noch im Gras lag und Silke raunte mir zu „Beweg dich hinter die anderen Pferde und versuche sie hinter uns herzutreiben." Ich stand auf, wich aber vor den großen Wesen zurück, die gerade eben noch im rasanten Tempo durch die Straßen galoppiert waren. Rechts von mir erblickte ich Emma, die mutig auf die Pferde zuging, also tat ich es ihr gleich und wir umrundeten von beiden Seiten die anderen drei Pferde, damit wir sie in Richtung Straße treiben konnten. Ich konnte die Angst der Tiere riechen und blieb vorsichtig. Auch Emma bewegte sich nun zurückhaltender, ihr Mut verließ sie bei den trappelnden Hufen vor den Augen. Wir blickten uns an und ermunterten uns gegenseitig. Die drei rabenschwarzen völlig verschwitzten Pferde ließen sich von uns hinter Silke hertreiben. Diese war bereits am Haus von Hanne und Hansi vorbeigelaufen, immer noch die Zügel in der Hand haltend, und so trieben wir die Pferde zu einem schnellen Schritt an, um bei Silke aufzuschließen. Thea stand am Zaun der Moorkoppel und an ihrem Gesicht war deutlich zu erkennen, dass das ein seltsames Bild abgab, wie wir die Straße zu unserem Hof entlangliefen.

Am Tor stand Hinnerk und öffnete die Flügel weit, damit die Pferde nicht scheuten und alle vier trabten auf den Hof. Silke stand noch immer die Zügel in der Hand mit dem schwarzen Friesen da. „Am besten bringen wir sie in den Stall, die Schafboxen sind zwar nicht allzu groß, aber für einen Moment geht es sicher." Thea und Hinnerk öffneten die vordere Stalltür und die Boxen, die hintere Stalltür, die zur Schafkoppel ging, machte Thea zu. Dann führte

Silke das erste Pferd in die Box. Die anderen folgten ihr und ließen sich ohne Probleme in die Schafboxen sperren. Als das letzte Pferd im Stall stand, atmete Silke durch, „Wo kommen die denn bloß her?", überlegte sie, „Das sind vier wunderschöne Friesen, die habe ich hier noch nie gesehen." Thea runzelte die Stirn, „Die wird doch wohl jemand vermissen und suchen.", sagte sie. Silke gab den Pferden Wasser und Heu und, als sie sich etwas beruhigt hatten, trocknete sie die Pferde mit Stroh ab nahm auch die Trensen und Geschirre ab.

Die Menschen und wir Hunde standen im Stall und waren ratlos. Hinnerk hatte immer wieder zur Straße geblickt, ob dort jemand seine Pferde sucht, doch es blieb völlig ruhig, niemand war weit und breit zu sehen. „Lass uns die Polizei anrufen", schlug er vor. Silke nickte und ging ins Haus, um Marc Rohloff anzurufen. Einige Minuten später kam Silke wieder in den Stall, wo die Pferde das Heu fraßen, dass Silke ihnen in die Boxen geworfen hatte. „Marc Rohloff, ein Freund bei der Polizei kommt gleich vorbei", sagte Silke, „Er will auch bei den Polizeiwachen im Umkreis fragen, ob jemand seine Pferde vermisst." Thea runzelte die Stirn, „Mich wundert, dass keiner hinter den Pferden hergelaufen oder gefahren ist, es sind doch teure Friesen, die alle geschirrt waren." Die drei Menschen schauten in die Boxen. Emma und ich sahen uns an und beschlossen, am Tor auf Marc zu warten.

„Es wurden bei keiner Wache im Umkreis Pferde als vermisst gemeldet." Marc hatte ein paar Fotos von den schwarzen Friesen gemacht und fuhr dann gleich wieder los, er hatte noch an einem Fall zu arbeiten, wollte sich später am Abend jedoch noch einmal melden. Thea hatte Tee gekocht und ihre Jacke wieder ausgezogen, der geplante Ausflug nach Leer war für heute abgeblasen. Hinnerk setzte sich an den Tisch und nahm Emma auf den Schoß, „Wenn du uns weglaufen würdest, wir würden dich auf jeden Fall suchen." Silke streichelte mir den Kopf, „Ja, ich verstehe das auch nicht. Das sind wertvolle Tiere." Sie zückte erneut ihr Handy und rief eine Freundin an, die Pferde hat und viele Leute aus der Reiterszene kennt. Carolin versprach, sich umzuhören und Silke schickte ihr umgehend Fotos von den Friesen. Danach telefonierte Silke noch mit meinem Tierarzt, der am Nachmittag vorbeikommen wollte, um nach den Pferden zu sehen. Auch er wollte sich umhören, woher die Friesen kommen, auf Anhieb war ihm keiner bekannt, der vier Friesen hatte.

„Damit ist unser Tagesprogramm durcheinandergeraten, das tut mir echt leid", sagte Silke zerknirscht. Hinnerk lachte und Thea stimmte mit ein, „Mit dir ist es nie langweilig." Silke sah die beiden verwirrt an, „Siley, hör dir das an...", dann lachte auch sie. „Das macht doch nichts", Thea drückte Silkes Arm, „Wir sind doch hier, um Zeit mit dir zu verbringen, da ist es völlig egal, ob das Rahmenprogramm kippt." „Ihr seid einfach die Besten!", Silke strahlte ihre Freunde an. Ich stand neben Hinnerk und wollte, dass Emma wieder runterkommt, sie sprang von Hinnerks Schoß und, angesteckt von der guten Laune, tobten wir durch die Küche. „Raus mit euch!", Silke öffnete die Tennentür und wir sausten hinaus. „Ich werde mich nun um den Schlepper kümmern", Hinnerk stand auf und folgte uns nach draußen. Die beiden Frauen blieben noch am Tisch sitzen und unterhielten sich.

„Schau du doch nochmal nach den Pferden. Ich decke den Tisch ab und werde für uns etwas kochen." Thea schob Silke zur Tür hinaus, „Die Köchin braucht Ruhe." Silke zog ihre Stiefel an und ging ebenfalls nach draußen. Sie schaute sich um, wo wir waren und betrat dann den Stall. Mit Wassereimern bewaffnet lief sie zum Brunnen und tränkte die Pferde. Auch den Schafen brachte sie Wasser.

Hinnerk hatte den Motor unseres Schleppers begutachtet und schraubte begeistert daran herum. „Wie alt ist der Mc Cormick? fragte er Silke. „Fast dreißig Jahre hat er auf dem Buckel", antwortete sie. „Ich habe das Problem gefunden, lässt sich ganz einfach reparieren."

Mit Emma war es lustiger auf dem Hof als sonst und statt mit den Schafen zu spielen, lieferten wir beide uns nun Wettrennen. Silke schimpfte uns aus, da wir sie fast von den Beinen geholt hatten, als Thea in der Dielentür auftauchte und fragte, wo Silke Kartoffeln lagerte. Silke wollte gerade ins Haus gehen, als Thea mit aufgerissenen Augen auf die Koppel hinter dem Stall sah. „Die Schafe sind ausgebrochen!", rief sie und rannte los. Silke drehte sich um und nachdem sie die Lage erkannt hatte, rannte auch sie los. „Siley! Hierher!" rief sie in meine Richtung und ich stoppte mein Wettrennen mit Emma augenblicklich und spurtete los auf die Weide. Auch Hinnerk hatte sein Werkzeug fallen gelassen und rannte hinter uns her.

Die Schafe rannten panisch auf den kleinen Waldweg zu und ich mobilisierte alle Kräfte, um hinter ihnen herzukommen. Emma folgte mir dicht auf den Pfoten und tat, was ich machte. Ich wandte mich nach rechts, um über die Südkoppel an den Schafen vorbeizukommen und ihnen den Weg weiter vorne abzuschneiden. Mit ihren kurzen Beinchen flog Emma hinter mir her. Aus den Augenwinkeln sah ich, dass Silke auf den Nebenweg gewechselt hatte, sie versuchte, den Schafen von links den Weg abzuschneiden, wobei sie mit Emmas und meiner Geschwindigkeit nicht mithalten konnte. Sie sah mich und gab mir ein Zeichen, dass ich in ihrem Sinne agierte. Das spornte mich weiter an und ich rannte trotz meines Alters wie in meinen besten jungen Jahren.

Thea und Hinnerk blieben auf dem Weg, der in den Waldweg mündete, sie blieben hinter den Schafen, die nun etwas langsamer geworden waren. Unsere sieben Schafdamen blieben dicht beieinander, sie sahen aus wie ein großes Wollknäuel. Lissy, mein Lieblingsschaf hatte die Führung übernommen und blickte hektisch hin und her. Als ich dicht genug an der kleine Herde angelangt war, verringerte ich mein Tempo und machte mich kleiner. Emma blieb etwas weiter hinter mir und beobachtete, was ich machte. Ich sah zu ihr und gab ihr die Anweisung, sich von der anderen Seite an die Schafe zu schleichen, damit wir sie von rechts und links überholen und stoppen konnten. Emma begriff sofort und während sie lief, schaute sie immer wieder zu mir und passte sich meinem Verhalten an. Die Schafe waren nun auf dem Waldweg angelangt und es war wichtig, dass sie sich nicht im Wald verstreuten, denn dann würde das Einfangen schwieriger werden. Emma war nun neben der Herde und ich lief weiter nach vorn, um die Herde zum Ausweichen zu zwingen, Emma überwachte die Seite des Waldes, damit kein Schaf dorthin ausbrechen konnte. Lissy erkannte mich und stoppte abrupt. Die sechs anderen reagierten sofort und blieben ebenfalls stehen. Ich näherte mich in geduckter Haltung Lissy, und legte mich auf den Boden, meine Muskeln waren zum sofortigen Aufsprung bereit. Lissy legte den Kopf auf die Seite und kam näher zu mir. Ich stand ganz langsam auf und wedelte mit dem Schwanz.

Silke kam völlig außer Atem bei uns an, sie lockte Emma zu sich und lobte sie für ihren guten Einsatz. Dann ging sie mit ausgestreckter Hand auf Lissy zu, die sich von ihr anfassen ließ. Mit ruhiger und leiser Stimme sprach Silke die Schafe an, „Was war denn los? Na kommt, wir gehen nach Hause." Sie redete immer weiter und Lissy lief hinter Silke her, die den Rückweg auf dem kleinen Waldweg angetreten hatte. Ich blieb hinter den Schafen und sorgte dafür, dass sie weder nach links noch nach rechts ausscherten. Emma war zu

Thea gerannt, die am unteren Ende des Weges auf uns wartete. Hinnerk war auf die Südkoppel gegangen und öffnete das Weidetor. Die Schafe trappelten hinter Silke her und unser komisch aussehender Trupp erreichte das Weidetor, wo Silke und ich die Schafe hindurchtrieben. Hinnerk schloss das Tor und ich legte mich auf der Weide ab. Während die Schafe noch einige Minuten unruhig herumliefen, bis sie sich entspannten und grasten, lag ich in totaler Erschöpfung auf dem Boden. Meine Lunge schmerzte und meine Muskeln brannten wie Feuer. Silke eilte zu mir, „Siley, mein Engelchen, was ist los?" In ihrer Stimme schwang große Besorgnis mit, daher leckte ich ihre Hand. Auch Emma war herangeeilt und leckte mir über die Schnauze. Ich rappelte mich langsam wieder auf und Silke half mir, auf die Beine zu kommen. „Du warst prima", sagte sie und drückte mir einen Kuss auf die Nase, „Aber du bist zu alt für solche Aktionen. Wir gehen ins Haus und da kannst du dich in deinem Bettchen ausruhen." Ich konnte spüren, dass Silke Angst um mich hatte.

Lissy war herangetreten und beäugte mich. Ich lief langsam an ihr vorbei und sie gab leise Brummgeräusche von sich. Mir hing die Zunge weit aus der Schnauze, ich hatte nun riesigen Durst und am Haus angekommen, machte ich mich über den Wassereimer der Schafe her, danach spürte ich wieder Leben in meinem Körper. Silke blieb bei mir und begleitete mich ins Haus, wo sie mich mit einem Körnerkissen in mein Bett brachte und zudeckte. „Erhole dich gut. Nachher kann der Tierarzt auch kurz nach dir sehen." Mir fielen die Augen zu und ich merkte nur noch am Rande, dass Emma sich zu mir gelegt hatte.

Hinnerk war in der Zwischenzeit mit Thea die Moorkoppel abgeschritten und, als Silke wieder draußen war, kamen sie aufgeregt zu ihr. „Da hat jemand das Tor am hinteren Weidestück geöffnet. Der Zaun ist intakt, nur das Tor stand weit offen und das Seil, das das Tor zuhält, war aufgeschnitten." Silke war entrüstet, „Was soll das wohl? Kann doch echt nicht wahr sein!", sie war sauer. Thea erkundigte sich, wie es Siley ging. „der Tierarzt soll ihn sich nachher zur Sicherheit auch einmal anschauen, wenn er nach den Pferden sieht, aber ich glaube, wenn er ausgeschlafen hat, dann bleibt morgen nur etwas Muskelkater." „Hast du noch ein Seil?", fragte Hinnerk, „Oder besser noch eine Kette und ein Schloss?" Silke nickte, „In der Werkstatt sollten noch Ketten liegen und auch Vorhängeschlösser." Sie gingen in die Werkstatt und suchten danach. „Ich gehe ins Haus und mache Tee und bereite das Essen vor.", sagte Thea und kam zu mir in die Küche. Hinnerk und Silke fanden einige Ketten und fünf Vorhängeschlösser. „Lass uns alle Tore sofort damit verschließen, damit diese wenigstens gesichert sind." Hinnerk hatte bereits alles in einem Eimer verstaut und die beiden tauschten an allen Toren die Seile gegen Ketten, die mit Schlössern verschlossen wurden. Silke kontrollierte noch die Schafherde, bevor sie Hinnerk dann ins Haus folgte.

Thea hatte einen leckeren Auflauf zubereitet, zu dem sie einen Salat gemacht hatte. Die Menschen aßen und sprachen über den heutigen Tag. „Erst die Pferde und dann die Schafe... Schon etwas seltsam.", stellte Silke fest. Nach dem Essen beschlossen alle, dass ein wenig Mittagsruhe angebracht wäre und Silke nahm mich mit in ihr Schlafzimmer. Ich spürte, dass sie innerlich aufgewühlt und nachdenklich war, daher kuschelte ich mich dicht an sie. Sie nahm mich in die Arme, sah mir in die Augen, „Was ist das nur für ein Tag? Thea und Hinnerk sind da, es sollte alles so schön werden, und dann geht alles drunter und drüber..." Es kullerten ein paar Tränen über ihre Wangen und ich leckte diese vorsichtig ab, das Silke zum Lächeln brachte. „Ich liebe Dich, mein liebster Schatz." Dann dösten wir beide ein.

Der Wecker riss uns aus dem Mittagsschlaf. Silke streckte sich und ich kuschelte mich in die warme Decke, meine Muskeln verlangten noch nach Ruhe. „Los, aufstehen", Silke sprang aus dem Bett und zog sich wieder ihren Overall an. Ich trödelte hinter ihr her, Emma lag noch bei Thea und Hinnerk und so schlichen wir uns aus dem Haus. Nachdem Silke sich vergewissert hatte, dass die Schafe munter auf der Koppel standen und schleppte Heu in den Stall, um den Pferden, die sich fast schon heimisch bei uns fühlten, zu füttern. Als sie dabei war, das Heu zu verteilen, hörte ich den Wagen des Tierarztes vorfahren und winselte an der Seitentür vom Stall. Silke öffnete die Tür und sah den Grund meines Winselns vorm Tor stehen. „Hallo!", rief sie dem Tierarzt zu, „Schön, dass du da bist." Der Tierarzt ging mit uns über den Hof und steuerte auf den Stall zu. „Warte. Kannst du dir bitte erst Siley ansehen?" Er sah erstaunt auf mich hinunter, „Wieso? Er sieht doch ganz munter aus.", antwortete er. Silke schilderte ihm von meinem Einsatz, die Schafe einzufangen und der Tierarzt schüttelte den Kopf. „Bei dir ist aber auch etwas los", lachte er und holte sein Stethoskop aus der Tasche, um mich abzuhorchen. Er tastete mich ab und strich mir über das Fell. „Du bist völlig in Ordnung, mein Junge." Ich wedelte erfreut mit der Rute. Silke war sichtlich erleichtert und wir liefen weiter zum Stall.

Die Pferde fraßen das Heu und blickten nur kurz auf. Der Tierarzt blieb erstaunt stehen, „Wow, das sind wunderschöne Friesen." Silke öffnete die erste Box, „Ja, und sehr freundlich dazu." Sie streichelte dem Hengst den Kopf, das er zu genießen schien. Alle vier ließen sich vom Tierarzt untersuchen, ohne, dass sie vor ihm zurückwichen. „Ich habe mich umgehört bei meinen Kollegen und auch einigen Pferdehaltern, aber niemand scheint von vier vermissten Friesenhengsten gehört zu haben." Beide standen schweigend in der Stallgasse und hingen ihren Gedanken nach. Ich zog Silke am Ärmel und lief zur großen Stalltür am anderen Ende. „Gut mitgedacht", lobte Silke mich, „Magst du noch kurz die Mädels checken?" wandte sie sich an den Tierarzt, „Irgendjemand muss auf der Weide gewesen sein, denn das Seil, das noch nicht allzu alt gewesen ist, war durchschnitten und daher denke ich, dass jemand sie rausgetrieben haben muss." „Vor noch gar nicht langer Zeit wurde auf sie geschossen und nun das..." Der Tierarzt sprach aus, was Silke gedacht hatte. „In der Tat, das ist beängstigend. Wir haben die Seile nun schon gegen Ketten getauscht. Ich kann sie aber doch auch nicht einsperren." Der Tierarzt beruhigte Silke, dass es allen sieben Damen gutging. Dann klingelte sein Handy und er eilte davon, eine Kuh hatte Probleme beim Kalben. „Ich höre mich weiter um!" rief er im Weg Eilen.

Silke setzte sich auf das Gatter und schaute auf die Weide, ich legte mich vor ihre Füße und spürte, wie meine Muskeln zu schmerzen begannen. Thea stand plötzlich neben uns, ich hatte sie gar nicht kommen hören. „Du machst dir Sorgen." Sie legte die Hand auf Silkes Schulter. „Ach Thea, ich hatte mich so sehr darauf gefreut, ein paar ruhige und schöne Tage mit Euch zu verbringen, und als ob es nicht reicht, dass nun vier fremde Pferde in meinem Stall stehen, geht schon wieder jemand an meine Schafe." Emma kam angetrabt und legte sich zu mir, sie verstand, dass ich derzeit nicht mit ihr spielen konnte und leckte mir über die Lefzen. Es war schön, dass sie neben mir lag. „Komm", sagte Thea, „Ich habe Kaffee gekocht und es ist noch etwas von dem Kuchen übrig." Silke lächelte ihre Freundin schief an, „Kuchen ist eine gute Idee." In der Küche erzählte Silke, was der Tierarzt gesagt hatte, und Hinnerk befand „Ich schaue gleich nach den Kameras draußen und richte sie mehr auf die Koppel aus." Silke atmete tief durch „Ich danke euch, dass ihr nicht gleich wieder abgefahren seid, sondern mir helft." Thea klopfte Silke auf die Schulter „Na hör mal! Dafür sind Freunde doch wohl da!", sagte sie mit einem Unterton, der keine Widerworte zuließ. Ich stupste Emma an, denn Silke hielt jedem von uns ein kleines Stückchen vom Kuchen hin. „Das habt ihr euch mehr als verdient, ihr bekommt gleich auch noch einen Knochen von mir."

Als Rainer am Abend vorbeikam, brachte er Essen vom Asiaten mit, zwei volle Tüten. Thea nahm ihm diese schweigend ab und es war offensichtlich, dass sie über seine Ankunft nicht begeistert war. Hinnerk hatte nachmittags die Kameras neu justiert und da Schafe nun in einem extra abgeteilten Bereich im Stall die Nacht verbringen mussten, schaute Silke vor dem Essen noch kurz nach dem Rechten. Erst dann nahm sie sich die Zeit, Rainer von den Aufregungen des Tages und dem damit verbunden Zuwachs an Tieren zu berichten. Rainer fehlten die Worte, er sah Silke mit großen Augen an. „Das kann doch nicht wahr sein." Thea stellte Teller auf den Tisch und Silke winkte ab, „Lass uns heute nicht mehr davon reden, jetzt will ich den Abend mit meinen liebsten Menschen verbringen." Man wechselte das Thema und Emma und ich legten uns zusammen in mein Hundebett am

Ofen, um unser reichhaltiges Abendessen zu verdauen. Die Menschen aßen, wobei die Frauen sich über die unterschiedlichsten Themen unterhielten und die Männer über Autos fachsimpelten. Nach dem Essen räumte Silke den Tisch ab und Hinnerk wollte noch seine E-Mails checken, bevor sich alle in der Sitzecke am Ofen niederlassen wollten. Thea blieb mit Rainer am Tisch sitzen. Die beiden schwiegen sich an, doch dann wandte sich Thea an Rainer. „Wir kennen Silke schon einige Zeit und wir schätzen sie." Rainer sah Thea verwundert an. „Wie bitte?" „Ich weiß, dass Silke dich sehr mag. Aber ich habe den Eindruck, dass du ein Hallodri bist. Letztendlich geht es mich nichts an, dennoch..." Rainer sah zu Silke, die noch an der Spüle hantierte, „Ich kann dir versichern, dass ich keine bösen Absichten habe. Silke und ich kennen uns schon viele Jahre und ich würde nichts tun, sie bewusst zu verletzen." Er sah Thea fest in die Augen, während er sprach. „Dann ist es ja gut." Thea gab unmissverständlich zu verstehen, dass das Gespräch für sie damit beendet war, sie ihre Worte aber ernst meinte. Silke trat an den Tisch, eine Flasche Wein in der Hand. „Sehr schön, ihr unterhaltet euch. Ich hatte den Eindruck, dass ihr euch nicht grün seid." Sie zwinkerte den beiden zu und schenkte Wein ein. Hinnerk kam im gleichen Moment zurück und die Stimmung wurde gelöster. An diesem Abend wurde noch viel gelacht und man ging erst spät ins Bett. Thea und Hinnerk zogen sich mit Emma ins Gästezimmer zurück, Rainer klappte das Sofa aus, um dort zu schlafen und Silke nahm mich mit ins Schlafzimmer, als sie noch eine letzte Runde durch den Stall gedreht hatte.

Am nächsten Morgen wurde ich in Silkes Armen wach, sie schlief noch und ich versuchte, mich aus ihrer Umarmung zu entwinden, da ich großen Durst verspürte. Bei meinem Versuch zog ein heftiger Muskelschmerz durch meinen Körper. Die Rennerei hinter den Schafen vom Vortag hatte mir mächtigen Muskelkater verursacht. Kurz überlegte ich, einfach liegenzubleiben, um meinen geschundenen Körper zu schonen, doch der Durst war stärker und so biss ich die Zähne zusammen und schlüpfte aus Silkes Armen, die daraufhin wach wurde. „Guten Morgen, kleiner Mann. Wo willst du denn hin?" Ich leckte noch kurz über ihre Hand und lief dann zur Schlafzimmertür, die ich mit der Nase aufstupste. In der Küche soff ich dann den halben Wassernapf leer, derweil Silke im Bademantel mein Frühstück machte. „Hier, lass es dir schmecken." Ich machte mich gierig darüber her und begab mich danach nach draußen in den Garten, mit jedem Schritt fiel mir das Laufen leichter, und machte einen Kontrollgang über unser Gelände. Die Sonne schien warm auf mein Fell und ich legte mich vor die große Stalltür, von der aus ich Silke beim Füttern der Pferde beobachten konnte. Diese großen Friesen waren mir etwas unheimlich, daher legte ich nicht so großen Wert darauf, näher an sie heranzugehen.

Mit frischen Eiern von unseren Hühnern ging Silke ins Haus, sie pfiff nach mir und ich erhob mich mühsam, um ihr zu folgen. Das Klappern des Geschirrs und der Geruch von frischem Kaffee hatte Thea und Hinnerk geweckt, die sich im kleinen Gästebad frisch machten, da Rainer im großen Bad unter der Dusche stand. Emma hatte ihr Frühstück ebenfalls schon bekommen, ich leckte noch einmal durch den leeren Napf, doch da sie nichts übriggelassen hatte, schlenderte ich zu Silke an den Herd, die mich jedoch wegscheuchte, „Siley, ab, steh mir nicht im Wege." Ich trollte mich in mein Bettchen und wartete darauf, dass die Menschen sich zum Frühstück niederließen. Emma legte sich zu mir und wir genossen unsere Nähe. Rainer und Thea wünschten sich knapp kurzen Morgen, während Hinnerk mit Rainer eine Unterhaltung über Umsatzsteuern begann.

Nach dem Frühstück fuhr Rainer in seine Kanzlei. Die anderen drei beschlossen, den Ausflug vom Vortag nachzuholen, dieses Mal wollte Hinnerk dann auch mit, da er unseren Schlepper schon repariert hatte. „Können wir noch einen kleinen Abstecher über Vreschen-Bokel machen?", fragte Hinnerk, „Ich habe gelesen, dass dort eine Schafskulptur steht, die ich gerne sehen möchte." „Na klar", antwortete Silke, „Das ist gleich um die Ecke hier, also kein wirklich großer Umweg." Man legte uns unsere Geschirre an und Emma und ich sprangen in den Kofferraum von Silkes Audi. Bei der Schafskulptur angekommen, machte Hinnerk einige Fotos davon und gerade, als Silke von ihren beiden Freunden mit der Skulptur ein Foto machen wollte, roch ich etwas und bellte lautstark. Silke sah zum Wagen, auch Emma bellte nun und sprang auf und ab. „Wartet kurz!", rief Silke Thea und Hinnerk zu, „Ich lasse nur schnell die Hunde eben raus." Sie öffnete den Kofferraum und Emma schoss wie ein Blitz heraus, ich brauchte etwas länger, doch holte ich Emma schnell wieder ein. Wir steuerten auf direkt auf den runden Holzunterstand zu. Silke zuckte mit den Schultern und machte dann das Foto von ihren Freunden.

„Emma!" Thea rief nach ihrem Hund. Silke folgte Theas Blick und rief dann auch nach mir. Wir waren in der Holzhütte, sie konnten uns nicht mehr sehen. Erneut riefen sie unsere Namen, doch wir waren mit unserem Fund beschäftigt. Als erste schaute Silke in den Unterstand und riss die Augen auf, „Das darf doch nicht wahr sein.", murmelte sie. Thea hielt sich die Hand vor den Mund, um einen Aufschrei zu unterdrücken. Hinnerk ging als erster in den Unterstand und zog erst Emma und dann mich von unserem Fund weg. Ich war aufgeregt und wollte wieder hinein, doch Silke ließ mich absitzen. Emma wurde von Thea auf den Arm genommen und strampelte noch kurz, doch Thea wies sie zurecht.

Silke holte ihr Smartphone aus der Tasche und rief bereits Marc Rohloff an und ging dann zu Hinnerk in die runde Hütte. Vor ihnen saß eine Frau. Ihre langen dunkelbraunen Haare hingen zerzaust herunter. Es sah aus, als ob sie sich erschrocken hätte, ihre Augen waren weit aufgerissen und der Mund zu einer furchtbaren Grimasse verzogen. Man hätte meinen können, dass sie jeden Moment Luft holt und uns ansräche, doch es war eindeutig, dass die Frau tot war. Nachdem Silke sich einen kurzen Eindruck verschafft hatte, machte sie schnell einige Fotos. „Was machst du denn?", fragte Thea schockiert. „Ich habe so ein Gefühl...", flüsterte Silke. Thea fing sich und die drei schauten nun genauer hin. Die Frau war etwa in Silkes Alter, doch war das schwer zu erkennen, da sie stark geschminkt war. Das Gesicht war geweißt und sie hatte viel Rouge aufgetragen und einen knallroten Lippenstift. Doch das Seltsame war mehr ihre Kleidung. Sie trug ein Kleid wie aus einem anderen Jahrhundert. Oben herum bestand es aus einer Korsage und der Rock war weit ausgestellt. Sie trug einen wallenden Unterrock darunter. An den Füßen trug sie wadenhohe Stiefelchen, von denen die Schnürung des einen geöffnet war. Ich hatte mich wieder etwas näher herangeschlichen. Die tote Frau saß auf der Bank und wäre ihr Gesicht nicht so zu einer Fratze verzogen, hätte man meinen können, sie würde nur in das Naturschutzgebiet schauen. Der Anblick war skurril und ich fürchtete, dass diese Frau jeden Moment aufspringen würde. Silke kraulte mir die Ohren, „Das habt ihr beiden gut gemacht. Eure feinen Nasen haben entdeckt, was unseren Augen verborgen war."

Da an dieser Stelle nur wenig Verkehr herrschte, hörten wir alle den Wagen von Marc Rohloff schon anfahren, bevor wir ihn sehen konnten. Silke zog uns alle von der Hütte weg, aber vorher warf sie noch einen Blick in die Handtasche, die neben der Toten lag. Diese war bis auf einen Kamm völlig leer. Sie hatte sie mit einem Taschentuch angefasst und legte sie dann schnell wieder an ihren Platz. Marc Rohloff wäre fast an uns vorbeigefahren, er war schon halb auf der Bokeler Brücke, als er unseren Wagen sah und den Rückwärts einlegte. Schweigend stieg er aus und sah Silke ernst an. „Die Frau ist in der Hütte.", sagte Silke. Thea und Hinnerk hielten sich zurück. „Das sagtest du schon am Telefon." Er warf einen Blick in das Holzhaus. „Ihr habt nichts verändert.", er drehte sich zu uns um. „Du kennst mich doch.", Silke lächelte ihn an. „Eben", gab er zurück. Bevor sie weitersprechen konnten, rollte das gesamte Polizeiaufgebot aber schon an. Der Gerichtsmediziner und die Spurensicherung machten sich an die Arbeit. Wir standen noch kurz daneben, doch Silke klärte mit Marc, dass er später zu uns kommen sollte, wir würden erst mal ein paar Dinge erledigen. Dann fuhren wir schweigend ab.

# 5

Silke steuerte unseren Wagen in Richtung Leer. Es hatte sein unserer Abfahrt noch keiner wieder gesprochen, Emma hockte neben mir und ich merkte, dass sie unsicher war. Ich leckte ihr über die Nase und sie sah mich mit ihren großen Augen an. „Alles ok bei euch?" Silke sprach mich durch den Rückspiegel an. „Hättest du die Hunde bloß nicht aus dem Wagen gelassen, dann würden wir nun gemütlich in Leer im Café sitzen und Cappuccino schlürfen und vielleicht ein Stück Knüppeltorte dazu essen." Thea sah Silke vom Beifahrersitz aus her an, die zerknirscht mit beiden Händen das Lenkrad hielt. „Wir können doch trotzdem nach Leer fahren, die Richtung stimmt." Hinnerk beugte sich vom Rücksitz aus vor, „Als einziger Mann im Wagen, sage ich, wir fahren nach Leer, ich will am Hafen meinen Kaffee trinken und Torte essen. Außerdem habe ich das Gefühl, dass dies noch nicht die letzte spannende Aktion bei unserem Besuch war." Ich bellte einmal kurz, worauf Hinnerk sich nach hinten drehte, „Entschuldige, du bist ja auch ein Mann." Mit einem Mal war die Stimmung wieder gelöst, auch, wenn der schreckliche Anblick der toten Frau allen noch in den Knochen steckte.

In Leer angekommen, suchte Silke einen Tisch in einem kleinen Café direkt am Hafen. Hinnerk schaute sich die kleinen Jachten an, „Thea, ich möchte auch wieder ein Boot haben." Er strahlte bei dem Anblick und Thea lachte. Der Kellner brachte den Kaffee und für jeden ein Stück Torte. Für Emma und mich stellte er einen Wassernapf hin. „Danke", freute Silke sich, „Das ist nett." Nach den ersten Bissen Torte spürte ich, dass es allen besser ging und ich legte mich neben Silkes Stuhl. „Das war doch ein schräger Anblick.", begann Silke, „Habt ihr gesehen, wie die Frau geschminkt war?" „Auch das Kleid. Als ob sie einem Kostümball war, dabei ist Karneval schon lange vorbei.", Thea nippte an ihrer Tasse. Meine Ohren waren gespitzt, denn, als ich mit Emma die Leiche gerochen und dann aufgespürt hatte, war mir sofort klar, dass es ich um Mord handelte. Emma legte den Kopf auf die Seite, sie war ebenso neugierig, was die Menschen über die Sache dachten, wie ich auch.

Silke ließ sich vom Kellner Zettel und Stift geben. Sie nannten es Brainstorming und Silke notierte alle Gedanken, Auffälligkeiten und Unstimmigkeiten, die den drei Menschen am Tisch einfielen. Sie schauten sich, nachdem sie die Torte verspeist hatten, ohne, dass ich etwas abgekommen hatte, die Fotos, die Silke noch heimlich gemacht hatte. „Wir dürfen uns nicht runterziehen lassen, der Anblick ist schlimm, also auf alles konzentrieren, was euch auffällt." Ich stellte mich hin und, da der Tisch nicht so hoch war, konnte ich mit auf die Bilder schauen. Für mich war da nicht so viel zu erkennen, doch mein Instinkt sagte mir, dass meine Nase mich nicht getrogen hatte und in der kleinen runden Hütte ein Duft gehangen hatte, der mich an unseren Stall erinnert hatte.

Fast zwei Stunden und einen weiteren Kaffee später, machten sich Silke und ihre Freunde wieder auf den Weg nach Hause. Mir war inzwischen langweilig geworden, Emma dagegen hatte ihren Spaß am Beobachten von Möwen entdeckt. Silke bemerkte, dass ich nach dem langen Verweilen wieder Probleme beim Aufstehen hatte, der Muskelkater war wirklich übel. „Ich helfe dir", sie unterstützte mich, was mir zwar half, aber mir auch etwas unangenehm vor Emma war. „Du kommst gleich ins Hundebett und ich wickle dich mit einem warmen Körnerkissen in eine Decke." Diese verlockende Aussicht ließ mich schneller zum Auto laufen. Zuhause bekamen Emma und ich eine Geflügelstange und ich genoss es, als Silke mich in mein Hundebett verfrachtete. Sie blieb eine Weile bei mir sitzen, bis ich eingeschlafen war. „Schlaf dich wieder fit, mein tapferer und schöner kleiner Mann.", säuselte sie mir ins Ohr. Man ließ mich schlafen und ging in den Hof. Dort stellte Hinnerk die Gartenstühle auf, während Silke sich überlegte, die Pferde auf die Südkoppel zu lassen, da sie unzufrieden im Stall rumorten. Thea half ihr dabei und öffnete die Gatter, damit die Pferde direkt aus dem Stall auf die Koppel laufen konnten. Im vollen Galopp rannten sie aus dem Stall und galoppierten und tobten eine Zeitlang auf der Weide, bis sie anfingen zu grasen. Thea schloss das Gatter und versetzte die Litzen, damit nun auch die Schafe auf die Moorweide laufen konnten. „Setzt euch doch auf die Terrasse, ich muss schnell die Boxen ausmisten. Pferde machen doch mehr Mist als Schafe." Silke lachte und schnappte sich die Mistgabel. Sie schob etliche Karren Mist aus den Boxen, streute sie neu ein und als sie fertig war, setzte sie sich zu ihren Freunden auf die Terrasse, wo diese schon Tee eingeschenkt hatten. „Und? Wann fahrt ihr ab? Heute noch?" Thea und Hinnerk sahen sich fragend an. „Wir wollten doch zwei Wochen bleiben." „Ich meine nur..., weil... naja... ihr seid gerade mal zwei volle Tage da und an beiden Tagen war von Erholung für euch nichts zu merken." „Da mach dir mal keine Gedanken, wir lassen dich nun nicht allein.", lächelte Hinnerk. „Außerdem bringt das doch Schwung ins Leben.", lachte Thea fröhlich und laut. Emma sprang um sie herum, „Emma sieht das auch so." Silke lehnte sich zurück, nahm einen Schluck Tee und grinste über das ganze Gesicht.

Ich wurde von Emmas Bellen wach und krabbelte unter meiner warmen Decke hervor. Mir ging es nach dem Schläfchen mit Körnerkissen viel besser und ich trabte durch die offenstehenden Türen nach draußen, um zu schauen, was dort los war. Emma stand mit Silke am Einfahrtstor, durch das Marc Rohloff hereinfuhr. Silke schloss das Tor, sah mich und rief mich zu sich. Sie kniete sich hin und nahm mich mit offenen Armen in Empfang, „Hast du dich ausgeschlafen?", sie kraulte mir den Hals und Rücken und ich räkelte mich wohlig. Marc, der Polizeikommissar, begrüßte mich mit den Worten „Hallo Siley. Hast du nun eine kleine Freundin bekommen?" Thea räusperte sich, „Äh, nein! Das ist Emma und sie gehört zu uns." Der Kommissar entschuldigte sich und wurde leicht rot, als alle anderen anfingen, zu lachen. Silke hakte sich bei ihm unter und lud ihn auf eine Tasse Tee ein. Hinnerk hatte schon ein Gedeck aus der Küche geholt und alle setzten sich wieder.

Silke fragte Marc, ob er inzwischen die Halter der vier Friesen ermitteln konnte. „Sie stehen nun auf der Weide, aber ich habe kein Kraftfutter oder dergleichen für Pferde da, daher sollten sie schnell wieder zum Halter zurückgehen." Marc schüttelte nur den Kopf, „Es tut mir leid, aber trotz aller Ermittlungen und Umfragen in Reitställen, haben wir noch keine Angaben zu den Pferden bekommen." Dann kam er auf die Frau im Blockhaus zu sprechen. Silke setzte sich gerade hin und stützte die Ellenbogen auf. „Die Identität haben wir leider noch nicht herausgefunden, sie hatte keinen Ausweis oder sonstige Papiere bei sich." „Liegt denn keine Vermisstenmeldung vor, die auf die Frau passen könnte?", Thea sah Marc an. „Nein, die Frau scheint niemand zu vermissen. Wir haben heute ein Foto an die Zeitung gesendet, morgen soll ein kurzer Artikel erscheinen. Wir hoffen, dass sich dann jemand meldet." Silke bat Thea, kurz mit ihr ins Haus zu kommen. Dort holte sie ein Flipchart aus dem Abstellraum, dass sie zusammen mit Thea nach draußen brachte. Die beiden Männer sahen sie verwundert an. „Wir haben uns heute, nachdem wir vom Tatort weggefahren sind, einige Gedanken gemacht.", sagte Silke zu Marc gewandt. „Aha, da bin ich aber gespannt, was du wieder ausheckst. Mir war heute Vormittag schon klar, dass du dich nicht raushalten wirst." Zu Thea und Hinnerk gewandt sagte Marc, „Hat Silke Euch erzählt, dass sie mit ihrem Hund bereits zweimal einen Fall gelöst hat? Das erste Mal war ich noch nicht in dieser Dienststelle, aber beim zweiten Fall habe ich sie selbst hinzugezogen, denn Siley ist eine super Spürnase."

Thea und Hinnerk sahen Silke an, die sich zu uns Hunden gebeugt hatte, um ihren Blicken auszuweichen. „Marc, musst du denn alles erzählen?", grummelte sie. „Dann lasst uns loslegen!", sprach Thea motiviert und schnappte sich den Stift. Sie notierte alle, was am Tatort aufgefallen war. Das extreme Make up, das ausgefallene Kleid, das ausgesehen hatte, als wäre es aus dem Mittelalter und der fürchterliche Gesichtsausdruck der Toten. Marc hatte sich gewissermaßen ergeben und ließ die Notizen am Flipchart auf sich wirken. „Die meisten Dinge waren nun sehr offensichtlich." „Ja, schon klar.", antwortete Silke, „Aber es war keine Verletzung zu erkennen, dennoch handelt es sich doch wohl um Mord, oder?" Ihre Frage klang mehr wie eine Feststellung und wurde von Marc bestätigt, „Die Autopsie ist noch nicht beendet, aber es ist in der Tat davon auszugehen, dass es sich um Mord handelt." Hinnerk warf ein, dass die Frau doch auch einfach einem Herzinfarkt erlegen sein könnte. Marc verneinte, das wäre bereits ausgeschlossen, und setzte ein breites Grinsen auf. „Du weißt schon, woran sie gestorben ist?", Silke platzte fast vor Neugier. „Ja." Thea trommelte mit den Fingern auf dem Tisch und auch Hinnerk wartete darauf, dass Marc weitersprach. „Nun rede schon!", drängelte Silke. „Das ist fast schon eine Genugtuung, dass ich dir dieses Mal einen Schritt voraus bin.", lachte er. Silke drohte ihm mit dem Zeigefinger und Marc hob die Hände. „Ist ja schon gut, ich teile mein Wissen mit euch." Er fasste kurz zusammen, was der Gerichtsmediziner noch am Tatort festgestellt hatte. Die Tote war mit einem dünnen Gegenstand erstochen worden. Es war jedoch kein Blut am Tatort, da die Leiche bewegt worden war, nachdem sie bereits einige Stunden tot gewesen war. Der Täter hatte die Hauptschlagader getroffen und die Frau war schnell ihrer Verletzung erlegen. Durch die kleine Eintrittswunde war wenig Blut ausgetreten, sie war innerlich verblutet. Silke und ihre Freunde hörten ihm zu und sahen nachdenklich aus. Nachdem Marc seine Informationen preisgegeben hatte, notierte Thea diese ebenfalls auf dem Flipchart.

Ich hatte mit Emma ebenfalls zugehört und mich ließ der Gedanke nicht los, dass ich unbedingt noch einmal zum

Tatort wollte, um dort nach Spuren zu suchen, die Menschen verborgen blieben. Silke bemerkte, dass ich aufgeregt mit dem Schwanz wedelte, „Du willst nochmal dort hin, stimmt`s?" Ich drehte mich um mich selbst und bellte. „Okay, dann fahren wir später erneut dort hin. Wer will alles mit?" Thea und Hinnerk waren sofort bereit, Marc musste jedoch wieder ins Präsidium. Er wollte sich bei Silke melden, sobald er den vollständigen Autopsie Bericht vorliegen hätte.

Rainer kam am Nachmittag aus der Kanzlei zu uns auf den Hof. Er brachte Essen vom Asiaten mit. Ich konnte die Frühlingsrollen riechen, die mochte ich besonders gern, und umrundete ihn, als er von seinem Wagen zum Haus lief. Silke kam aus dem Stall, als sie ihn sah und gab ihm einen Kuss zur Begrüßung. „Prima Idee von dir, Essen mitzubringen. Ich habe überhaupt nicht ans Kochen gedacht." Er sah sie mit fragendem Gesichtsausdruck an. „Später, mein Lieber, ich will die Pferde und Schafe reinholen. Geh doch schon mal rein, Thea und Hinnerk sind in der Küche." Rainer lief ins Haus und Silke holte die Tiere rein, wobei ich ihr hilfreich zuarbeitete. Lissy trabte auf mich zu und folgte mir dann mit den anderen Schafen in den Stall, wo sie immer noch in der provisorisch geschaffenen Box nächtigen mussten, da die Pferde weiterhin bei uns in Pension standen. Ich blieb ihnen gegenüber noch vorsichtig, sie waren mir zu groß. Mit einem kleinen Keks belohnte mich Silke für meinen Einsatz und wir gingen zusammen ins Haus. Drinnen hatte Rainer schon das Essen auf dem Tisch verteilt. Es waren mehrere Schalen mit verschiedenen Sorten von Essen. Ich versuchte auf den Tisch zu schauen, wo wohl die Frühlingsrollen liegen, doch Silke schob mich sanft zur Seite, „Nein!" sagte sie und zeigte auf mein Bettchen, in das ich mich dann verzog. Emma saß neben Thea und folgte mir dann ins Bett. Wir warteten geduldig darauf, dass die Menschen uns unseren Anteil gaben.

Beim Essen fiel Rainers Blick auf das Flipchart mit den Notizen. Er wies mit der Gabel darauf, „Was ist das?" Silke sah zu Thea und Hinnerk. „Also, das war ja so... wir wollten nur kurz nach Leer und auf dem Weg dorthin haben wir einen kleinen Abstecher gemacht." „Das heißt was?", drängelte Rainer. „Nun ja, Siley und Emma haben dann die Frau gefunden..." Es herrschte kurzes Schweigen. „Da rufst du mich nicht gleich an?", entrüstete sich Rainer. „Entschuldige mal", ging Thea dazwischen, „Wir haben das auch gut ohne dich hinbekommen." Sie sah Rainer böse an. „Leute, kein Grund zur Aufregung.", Silke versuchte zu schlichten und berichtete in kurzen Worten, was wir entdeckt hatten. „Marc hat uns vorhin bestätigt, dass es sich um Mord handelt. Aber mehr wissen wir noch nicht." Rainer nahm sich noch etwas vom gebackenen Hühnchen, er war sichtlich angefressen. „Wer will einen Eierlikör?", fragte Silke in die Runde. Hinnerk stand auf, „Ich nehme lieber ein Radler, hole aber gern für euch Gläser." Rainer bat ebenfalls um ein Radler, aber alkoholfrei. Mit den Getränken in der Hand wechselten die Menschen zur kleinen Sitzecke am Ofen. Silke räumte den Tisch noch ab und reichte Emma und mir dann ein kleines Stückchen von den Frühlingsrollen.

Die Getränke hatte die Gemüter beruhigt und nun brachte auch Rainer sich in die Spekulationen mit ein. Er machte den Vorschlag, sofort noch einmal zum Tatort zu fahren, bevor der angekündigte Regen die vielleicht noch verbliebenen restlichen Spuren verwaschen würde. Alle waren sich einig, dass dies Sinn machte. Ich war sofort munter und stand bereits an der Tür. „Siley wäre bereit.", lachte Silke. Thea hatte sich entspannt und ging neben Rainer her zum Auto, der uns alle zum Tatort fuhr. Alle waren etwas aufgeregt und man sprach durcheinander. Ich saß mit Emma im Kofferraum und wunderte mich ein wenig, wie schnell die Launen der Menschen sich ändern konnten.

Je näher wir uns der Bokeler Brücke näherten, desto aufgeregter wurde ich. Dort angekommen, sprang ich im hohen Bogen aus dem Kofferraum und rannte direkt zur runden Hütte. Es waren nun viele Gerüche zu entdecken, da die Polizeikräfte mit vielen Leuten da gewesen waren, doch ich konnte sie schnell zeitlich zuordnen. „Jetzt hat Siley eine Fährte.", sagte Silke den anderen. Ich hatte eine Duftspur gefunden, der ich nach anfänglichem Hin- und Herlaufen folgte. Sie führte mich an den Kanal, wo ich mich vorsichtig dem Wasser näherte, denn es war uneben und ich hatte wenig Ambitionen, ins Wasser zu fallen. Die Menschen standen oben, nur Emma war auf halbe Höhe mit hinuntergekommen und schaute mir interessiert zu. Mit der Nase fest am Boden suchte ich das Gras ab. Ein deutlicher Geruch hob sich von der Umgebung ab, es war eindeutig Blut, und mein Ehrgeiz war geweckt. Silke war nun zu mir hinuntergeklettert und hatte die Augen auf den Boden geheftet. „Was suchen wir denn?", fragte sie mich. Ich ließ mich nicht stören und wurde belohnt. Mit lautem und aufgeregtem Bellen gab ich zu verstehen, dass ich etwas entdeckt hatte. Silke kniete sich neben mich, „Hier liegt ein Tranchiermesser!", rief

Silke den anderen zu. Rainer hatte einen Beutel aus dem Wagen geholt und kam damit nun zu uns runter. „Wir haben natürlich im Eifer des Gefechtes nicht daran gedacht, Tüten mitzunehmen, aber im Wagen waren noch Kotbeutel, darin können wir das Messer auch einpacken." Silke nickte und griff nach der angereichten Rolle mit grünen Kotbeuteln, die Kleeblätter zierten. Sie riss davon 3 Stück ab. Mit einem fasste sie das Messer an und packte es dann, da die Beutel nicht allzu groß waren, in die beiden anderen, einen stülpte sie über den Griff und den anderen dann über die Klinge. Rainer nahm ihr das Messer ab und sie umarmte mich. „Du bist einsame klasse.", lobte sie mich und drückte mir einen Kuss auf die Nase. Mit stolz erhobenem Kopf kletterte ich den Abhang wieder hinauf und ließ mich von Emma bewundert anblicken. Zur Sicherheit schnüffelte ich noch einmal um die gesamte Hütte und auch in dem Holzbau ließ ich keinen Zentimeter aus, aber es fand sich keine weitere Spur. Silke rief mich zur Abfahrt und rief vom Auto aus Marc an, dass Siley unter einem Stein und fast im Wasser das Tranchiermesser gefunden hatte. Marc war überrascht, „Wir haben doch alles abgesucht, da war kein Messer.", hörte ich ihn durchs Telefon sprechen. „Tja, Siley ist einfach unschlagbar, wenn es darum geht, etwas zu finden.", lachte

Silke. Wir trafen uns auf dem Rückweg mit Marc auf einem Parkplatz, wo Silke ihm das Messer zu genaueren Untersuchung im Labor. „Die Klinge könnte tatsächlich zur Wunde passen. Gib Siley einen extra Keks von mir." Man verabschiedete sich und ich freute mich darauf, mich zu Silke aufs Sofa zu legen und mit ihr zu kuscheln. Sie merkte mir an, dass ich das heute besonders brauchte und sie hielt mir den Platz neben sich auf dem Sofa frei, als wir wieder zu Hause waren. Ich legte mich neben sie, den Kopf auf ihrem Schoß und ließ mich kraulen. Rainer kümmerte sich um die Tiere und Thea holte Knabbereien aus dem Schrank, Hinnerk war mit Emma noch kurz draußen. Als alle wieder im Haus waren, saßen sie noch eine Weile gemütlich zusammen, bis wir uns ins Bett begaben.

# 6

Früh am nächsten Morgen wurde ich wach. Nach meinem Fund vom Vortag hatte ich von der toten Frau geträumt. Sie hatte aufrecht in der Hütte gesessen und auf die Renaturierungsfläche geschaut. Ihre grünen Augen waren weit geöffnet gewesen und ihr langes dunkelbraunes Haar hatte sich um ihr hübsches Gesicht geschmiegt. In meinem Traum hatte ich mich ihr vorsichtig genähert und als sie mich bemerkt hatte, schaute sie mich mit traurigen Augen an. „Hilf mir...", hatte sie zu mir gesagt und ich war bei ihren Worten zusammengezuckt, denn während sie gesprochen hatte, hatte ich erkannt, dass ihre Lippen nicht vom Lippenstift rot waren, es war Blut gewesen, dass ihre Lippen gefärbt hatte. Neugierig war ich näher an die Frau herangegangen und sie wiederholte ihre Worte, „Hilf mir...", und zeigte dabei dann mit dem Finger ihrer rechten Hand in die Ferne. Mein Blick folgte ihrem Finger, doch ich wusste nicht, was sie meinte, daher hatte ich laut gebellt, damit sie mir mehr sagte. Von meinem eigenen Bellen war ich dann aufgewacht, Silke lag neben mir und hatte ihren Arm um mich gelegt. „Was ist los? Schlecht geträumt?" Ich schmiegte mich an Silke und spürte mein Herz klopfen, als wollte es mir aus der Brust springen. Ihre braunen Augen blickten warmherzig in die meinen, „Es war nur ein Traum, alles ist gut, ich bin bei Dir." Mein Herz beruhigte sich und ich löste mich langsam von dem Traum, zumal mein Magen lautstark knurrte und nach Essen verlangte. Wir standen auf und schlichen in die Küche. Rainer schlief noch auf dem Sofa und auch im Zimmer von Thea und Hinnerk herrschte noch Stille. Silke nahm ein Schälchen Nassfutter und eine Packung Saft aus dem Schrank, öffnete leise die Tennentür und wir gingen nach draußen. Die Sonne ging gerade auf, es war noch kühl, aber die frische Luft tat gut. Nachdem ich mich gelöst hatte, gab Silke mir das Schälchen und trank selbst direkt aus der Safttüte.

Thea war zu uns nach draußen gekommen, sie hatte einen Becher Kaffee in der Hand. „Guten Morgen ihr beiden.", begrüßte sie uns. „Ich wusste nicht, dass ihr schon wach seid. Willst du auch einen Kaffee?" Silke bejahte und im gleichen Moment kamen Hinnerk und Rainer jeder mit einem Tablett nach draußen, auf denen sie Frühstück brachten. Silke griff nach dem zugereichten Becher mit dampfendem Kaffee. „Warum seid ihr alle so früh auf?" „Siley hatte gebellt, als wäre der Teufel hinter ihm her, das hat uns geweckt." Ich sah schuldbewusst von einem zum anderen und Emma leckte mir über die Lefzen. „Er muss furchtbar geträumt haben.", erklärte Silke. Die Menschen aßen ihr Frühstück und überlegten, was sie an diesem Tag machen wollten. Rainer musste zu einem Mandanten und ging als erster vom Hof. Hinnerk hatte sich überlegt, dass er mit Thea ein wenig die Gegend erkunden wollte und sie beiden planten ihre Tour. „Du hattest doch von einer Burg erzählt...", Hinnerk sah Silke an. „Da ist eine kleine Burg in Stickhausen, nichts Gewaltiges, aber ein Teil der Geschichte von hier. Ihr könntet von da aus auch über Amdorf und die schmalste Brücke Europas nach Leer fahren. Schloss Evenburg ist auch sehenswert." Hinnerk notierte sich alles und als Silke sich für den Stall fertig gemacht hatte, wollten die beiden losfahren. „Sollen wir Siley mitnehmen?", fragte Thea. Silke sah mich an und ich lief zum Haken, wo mein Geschirr hing. „Ich denke, Siley hat selbst beschlossen, dass er mit euch mitfahren möchte.", lachte Silke und zog mich an. Sie gab mir einen Kuss zum Abschied und ermahnte mich, folgsam zu sein. Wir fuhren los und Silke machte sich daran, die Tiere zu versorgen und wollte dann noch zum Agrarmarkt, um Kraftfutter für die Pferde zu kaufen.

Ich fahre nur sehr selten bei anderen Leuten im Auto mit und setzte mich brav hinten rechts in den Kofferraum und sah während der Fahrt aus dem Fenster. Emma hatte sich zusammengerollt und schlief. Immer, wenn der Wagen langsamer wurde, hob sie kurz den Kopf, um sich dann, wenn sie merkte, dass wir noch nicht anhielten, sich wieder zusammenzurollen. Hinnerk hatte sich entschieden, erst über Leer zu fahren, um Schloss Evenburg zu besuchen. Als erfahrener Besucher zeigte ich Emma alle Ecken, wo man Nachrichten von anderen Hunden finden konnte, während Thea und Hinnerk Erinnerungsfotos machten und um das Schloss und die kleinen Brücken im Schlossgarten schlenderten. Im Anschluss daran fuhren wir noch andere Ziele an, die ich selbst noch nicht kannte, da Silke meistens mit mir auf dem Hof blieb. Gegen Mittag traten wir den Heimweg an. Hinnerk steuerte den Wagen die schmale Straße nach Amdorf entlang, die sich wie eine Schlange am Deich entlang wand. An der kleinen PKW-Brücke in Amdorf hielt Hinnerk und wir stiegen aus. Unsere Gäste waren fasziniert von der kleinen Brücke und ich nutzte die Gelegenheit, um mich etwas umzusehen. Meine Aufmerksamkeit war geweckt worden, ich meinte einen mir bekannten Geruch entdeckt zu haben. Obwohl dies nicht möglich sein konnte, da Silke und ich hier noch nie ausgestiegen waren, begann ich das näher zu untersuchen. Es roch eindeutig nach Pferd. Als ich mich umsah, konnte ich einen Pferdestall sehen und glaubte schon, mich getäuscht zu haben, doch es roch eindeutig nicht nach irgendeinem Pferd, es roch nach den Pferden, die bei uns auf dem Hof standen. Ich war durcheinander und sah zu Emma, die ebenfalls verwundert aussah. Noch einmal schnupperte ich, es war kein Irrtum möglich. Ich bellte und drehte mich im Kreis. Thea sah sich um und rief nach uns, doch ich bellte weiter blieb an der Stelle, wo ich die Friesen riechen konnte, stehen. „Nun komm!", wurde sie ungeduldig, „Wir wollen weiter." Emma lief ein paar Schritte in Theas Richtung, sah wieder zu mir und ich fügte mich dann auch. Hier war eine Spur, doch niemand verstand mich. Enttäuscht sprang ich ins Auto, fixierte die Geruchsstelle ein letztes Mal mit den Augen und konnte nicht verstehen, dass wir einfach weiterfuhren.

Nachdem Hinnerk und Thea begeistert über die Brücke gefahren waren, setzte sich unser Weg über die gewundene Straße weiter fort. Wir kamen nach Stickhausen und Hinnerk fuhr über die Straße auf den großen Parkplatz. Dort stiegen wir wieder aus. Ich trottete missmutig hinter den anderen her, war mir doch die Lust auf die Burg vergangen. Das große Gebäude stand eher unscheinbar vor uns, aber dennoch hatte es eine gewisse Ausstrahlung und ließ frühere Zeiten erahnen. Wir gingen die Einfahrt hoch und die beiden Menschen machten Fotos. „Sicher schwer zu heizen im Winter.", sagte Thea pragmatisch. „Dafür hat man aber auch Platz.", konterte Hinnerk lachend. Emma wetzte von Baum zu Baum, während ich hinter der kleinen Gruppe herlief. Ein kurzes Bellen von Emma löste mich aus meiner Unlust, sie hatte etwas Spannendes entdeckt und so trabte ich zu ihr hinüber. Ich glaubte kaum, was meine Nase mir sagte... Wieder roch ich die Friesen, die bei uns auf dem Hof standen. Wie konnte das sein? Spielte meine Nase mir einen Streich? Ein Blick zu Emma belehrte mich eines Besseren, auch sie hatte die Pferde erkannt. Wir sahen uns an, doch wie sollten wir den Menschen begreiflich machen, was wir gerochen hatten? Ich versuchte es noch einmal mit lautem Bellen. „Die Hunde haben doch etwas... Da muss doch vorhin auch etwas gewesen sein...", überlegte Hinnerk. „Könnten sie es uns doch nur sagen.", meinte Thea, „Mach doch bitte ein Foto von der Stelle, wo die beiden so intensiv schnuppern." Hinnerk kramte die Kamera erneut aus seiner Jackentasche und beugte sich vor, um die Stelle zu knipsen, als sein Blick nach links fiel. „Thea, schau mal." Thea kam zu uns und sah den Grund für

Hinnerks Rufen. Vor ihnen lag eine kleine rote Karte, die mit Gold abgesetzt war. Sie war durch die Nässe in den doch noch kühlen Nächten aufgeweicht, aber die Buchstaben konnte man deutlich erkennen. Thea hob die Karte auf. „Einladung zum barocken Maskenball" las sie vor. Es standen noch Datum und Uhrzeit der Veranstaltung auf dem Kärtchen. Thea und Hinnerk sahen sich an, „Denkst du, was ich denke?". Beide nickten und auch Emma und ich waren uns einig. Das Kärtchen verschwand in einem Kotbeutel von Emma. „Nun habe ich diese angefasst", sagte Thea beunruhigt. „Das konntest du doch nicht wissen, das wird sicher nicht so schlimm sein." Die beiden sahen sich noch ein wenig um und Hinnerk machte heimlich Fotos von der ganzen Anlage.

„Ruf deinen Kommissar an!" rief Thea, als wir wieder zu Hause waren, „Er muss etwas auf Fingerabdrücke untersuchen lassen!". Thea war ganz aufgeregt und Silke bemerkte bei uns allen, dass wir mit unerwarteten Neuigkeiten zurückgekehrt waren. „Was ist passiert?", fragte Silke besorgt. „Wir haben etwas gefunden.", Thea wedelte mit der Tüte in der Hand herum. „Da ist eine Einladungskarte drin... Sieh es dir am besten selbst an." Es war ein pinkfarbener Beutel, durch den die Karte gut zu sehen war und Silke warf einen Blick darauf. „Das ist ja interessant...", murmelte sie, „Das würde das Kleid und das aufwändige Makeup erklären." Rasch zückte sie ihr Handy und rief Marc an, der im Auto saß und auf dem Rückweg von seinem Termin bei uns vorbeikommen wollte, um den Fund zu begutachten und mitzunehmen. Hinnerk hatte den Kuchen aus dem Wagen geholt, den sie unterwegs bei einem Bäcker gekauft hatten, und Silke holte die Thermoskanne mit Kaffee nach draußen, wo sie bereits den Tisch gedeckt hatte. „Das passt ja!", lachte sie, „Rainer wollte am Abend für uns kochen und da hatte ich mir gedacht, dass wir mittags nur eine Kleinigkeit essen sollten. Kuchen ist eine Kleinigkeit." Emma und ich bekamen eine getrockneten Rinderstreifen, den wir in der Sonne kauten.

Beim Essen berichteten Thea und Hinnerk abwechselnd von unserem Ausflug und zeigten die Fotos, die Hinnerk aufgenommen hatte. Silke freute sich, dass es ihren Freunden so gut gefallen hatte und kicherte über einige Aufnahmen, bei denen sich Thea und Hinnerk in lustigen Posen abgelichtet hatten. Am Ende kam Hinnerk dann wieder auf die Einladungskarte zu sprechen und zeigte auf einem Foto die Stelle, wo er sie entdeckt hatte. „Du bist da so dicht an das Gebäude gegangen, nur um den Rasen zu fotografieren?", wunderte sich Silke. „Nein, das war ganz anders. Siley und Emma hatten an einer Stelle wohl etwas gesehen und da sie ziemlich Theater gemacht haben, habe ich die Stelle aufgenommen. Allerdings kann ich nichts erkennen, es muss da etwas gewesen sein, das nur Hundenasen erkennen können." Wir Hunde wurden angeschaut und ich blickte auf zu Silke, dann wechselte Silke das Thema. „Ich habe heute Morgen schon einmal Marc angerufen, die Besitzer der Pferde sind nicht aufzufinden, obwohl der Zeitungsbericht schon abgedruckt ist und auch auf den sozialen Netzwerken gepostet wurde. Keiner vermisst diese wunderschönen Hengste. Aber da sie sehr handzahm sind und auch beschlagene Hufe haben, können sie nur aus sehr guter Haltung kommen." Als Silke ihren Satz beendet hatte, sprang ich auf und bellte. Ich lief zum Auto und zurück zu Silke. „Was hast du denn? Du bist doch gerade erst wiedergekommen." Silke sah mich erstaunt an. Thea schlug sich mit der Hand an die Stirn. „Das hat er vorhin aus schon gemacht. Da waren wir in Amdorf an der schmalen Brücke. Hinnerk wollte sie einmal vorher genauer anschauen, bevor wir darüberfahren. Siley hatte an einer Stelle gestanden und auch wie wild gebellt, er hatte gar nicht wieder ins

Auto gewollt." „Wisst ihr noch, wo genau das war?" Thea bejahte dies und Silke sprang auf und holte ihren Autoschlüssel. „Kommt, wir fahren noch einmal dorthin. „Fahrt ihr allein, ich bleibe mit Emma hier." Hinnerk sah Thea an und meinte, „In Ordnung. Du kannst dann ja dem Kommissar die Karte geben, wenn er nachher vorbeikommt. Ich saß ohne Geschirr im Kofferraum, Silke war so ungeduldig, dass sie vergessen hatte, es mir anzulegen.

Ich fuhr erneut über die Amdorfer Brücke und Thea gab Silke auf der anderen Seite ein Zeichen, dass sie anhalten sollte. „Da vorne hatten wir geparkt und die Hunde sind zur Kurve gelaufen und haben dort geschnuppert und dann war Siley wie ausgewechselt." Ich merkte, dass mein Einsatz gefragt war und rannte direkt zu der Stelle, wo ich den Geruch der Friesen in der Nase gehabt hatte. Silke beugte sich vor, doch sie konnte nichts erkennen und sah mich fragend an. Ich bellte wieder und stupste mit der Nase ins Gras, doch Silke fand nichts Ungewöhnliches. Da sie nicht meine gute Nase hatte, musste ich sie anders darauf aufmerksam machen, dass ich eine Spur hatte, und lief in Richtung des Pferdestalls, den ich gesehen hatte. Silke folgte mir und dann begann sie zu rennen. „Warte am Wagen auf mich!", rief sie Thea noch zu und wir liefen so schnell es ging zum Pferdestall. Kurz vorher bremste Silke und wollte mein Geschirr greifen, doch da war keins und sie ließ mich daher absitzen. Ich sollte dortbleiben, bis sie mich rufen würde. Silke betrat das Gelände und schaute sich suchend um. „Hallo? Ist hier jemand?" Es kam eine junge Frau mit einer Mistkarre aus dem Stall. „Moin.", grüßte sie, „Suchen Sie etwas?" „Moin. Wie man es nimmt... Mir sind vier Pferde zugelaufen und mein Hund hat anscheinend herausgefunden, dass sie von hier sein könnten." Die junge Frau mit den Reithosen und dem langen blonden Zopf sah Silke entgeistert an. „Siley!", rief Silke und ich sauste zu ihr. Die Frau lächelte und stellte die Karre ab. „Was für Pferde sollen das denn sein?", fragte sie. Silke holte ihr Smartphone aus der Jackentasche und zeigte ihr die Friesenhengste. Die Frau erkannte die Pferde sofort und berichtete, dass es Einsteller waren, die für eine Kutschfahrt ausgeliehen worden waren. Die Halterin war mit der Dame, die die Pferde samt Kutsche abgeholt hatte, befreundet. „Aber wieso sind Ihnen die Pferde zugelaufen? Dann muss die Kutsche durchgegangen sein." „Ich wohne nicht einmal in der Nähe.", begann Silke, „Ich wohne in Augustfehn. Die Pferde sind vor zwei Tagen an meinem Hof vorbeigaloppiert und ich habe sie mit Unterstützung meines Hundes und meiner Freunde eingefangen. Sie stehen nun bei mir. Eine Kutsche hatten sie jedoch nicht gezogen, sie waren lediglich geschirrt." Die Frau zog eine Augenbraue hoch, „Das ist seltsam...", fand sie. Silke erzählte ihr, dass die Hengste vom Tierarzt untersucht worden und alle vier ohne Blessuren seien. „Ich rufe Maddy an. Das ist die Halterin." Die Frau telefonierte ein paar Minuten und sprach dann wieder mit Silke. „Maddy ist nichts bekannt darüber, dass ihre Friesen stiften gegangen sind. Sie klärt das mit ihrer Freundin. Wir werden nachher den Transporter nehmen und die Pferde bei Ihnen abholen.", sagte sie freundlich. „Prima. Die Hengste sind ein Traum, aber mein Hof ist nicht für Pferdehaltung ausgerichtet, ich halte nur sieben Schafe und einige Hühner." Die Frauen tauschten ihre Daten aus und Silke wollte sich auf den Weg zum Auto machen, als die junge Reiterin ihr noch eine Frage stellte, „Woher wusste Ihr Hund denn, dass die Pferde von hier sind?" Silke lachte, „Mein Siley ist eine Supernase." Dann gingen wir zurück zu Thea und Silke erzählte schnell, was sie herausgefunden hatte und, dass die Pferde nachher abgeholt würden. Thea sah mich an, „Du bist ein wahrer Detektiv." Ich nahm das Lob schwanzwedelnd an, sprang in den Wagen und freute mich auf mein Bettchen, Schlaf war in letzter Zeit etwas zu kurz gekommen. Auf dem Weg nach Hause fielen mir immer wieder die Augen zu und Silke musste mir zu Hause aus dem Auto helfen, ich war stehend k.o. Hinnerk wurde von Thea über das Ergebnis unserer Erkundungstour in Kenntnis gesetzt und wir gingen alle ins Haus, um Tee zu trinken. Emma wuselte umher, sie freute sich, mich wiederzusehen, doch ich war zu müde, um mit ihr zu spielen und knurrte sie etwas an. Sie trollte sich und ich legte mich in mein Kuschelbett.

## 7

Marc Rohloff kam am späten Nachmittag zu uns, um die Einladungskarte abzuholen. Silke lud ihn zum Abendessen ein, das er gern annahm. Sie rief Rainer an, dass er mehr Essen vom Italiener mitbringen sollte, da wir einen Gast hätten. Ich holte Rainer an der Remise ab, er schloss das Einfahrtstor und holte die Tüten mit Essen aus dem Wagen. Mein Angebot, ihm beim Tragen zu helfen, lehnte er lachend ab, „Netter Versuch, mein Freund, das trage ich selbst." Ich lief neben ihm her und passte auf, dass ihm nichts herunterfiel. An der Dielentür kam uns Silke entgegen. „Schön, du bist schon da. Wir haben riesigen Hunger." Sie nahm ihm die Tüten ab und verteilte mit Thea die verschiedenen Nudelgerichte auf dem Tisch. Dazu gab es noch Salat, den Thea flink zurecht gezaubert hatte. Rainer klopfte zur Begrüßung auf den Tisch, „Moin zusammen." Die fünf Menschen aßen zu Abend und es wurde über die neuen Entwicklungen im Fall gesprochen. Marc schüttelte den Kopf, „Ihr seid der Polizei ständig einen Schritt voraus." Silke legte ihm die Hand auf den Arm, was Rainer missbilligend beäugte, „Marc, wir tun, was wir können, um zu helfen.", zwinkerte Silke. „Ich scheine dieses Mal nur eine Nebenrolle zu spielen.", bemerkte Rainer. Bevor Silke antworten konnte, klingelte es am Tor.

Ich rannte auf den Hof und bellte. Silke wies mich an, ruhig zu sein und ich stellte mich neben sie. „Moin.", tönte es vom Tor, „Sind wir hier richtig bei Lüttmann?" „Ja." Silke trat näher ans Tor. „Ah, Sie wollen die Pferde abholen." Vor dem Tor stand ein Pferdetransporter und eine Frau in Silkes Alter fuhr diesen rückwärts auf unseren Hof. Silke wies sie ein, damit der Transporter vor der Stalltür zum Stehen kam. „Mein Name ist Maddy und mir wurde Ihre Adresse vom Pferdestall bei Amdorf gegeben. Sie haben in den letzten Tagen meine Pferde versorgt, von denen ich nicht einmal wusste, dass diese ausgebüxt waren." Silke hieß die Frau willkommen, „Ich bin Silke. Ja, die Pferde sind hier im wilden Galopp vorbei und wir haben sie eingefangen und beherbergt. Ich hoffe, sie beklagen sich nicht bei Ihnen, denn mein Stall ist auf Schafhaltung ausgelegt." Die Frauen waren sich sympathisch und scherzten miteinander, bevor sie sich daran machten, die Pferde in den Transporter zu verladen. Nachdem sie Klappe sich geschlossen hatte, sah Silke wehmütig auf den Transporter. „Ich werde die vier vermissen. Sie sind so brav und dazu noch wunderschön." Maddy bedankte sich für die gute Versorgung und fragte dann, ob Silke wüsste, wo die Kutsche sein könnte. In diesem Augenblick erschienen die anderen in der Tür. Marc Rohloff ging direkt auf Maddy zu, Hinnerk, Thea und Rainer blieben am Haus stehen. „Guten Abend." Marc gab Maddy die Hand. Er stellte sich kurz vor und Maddy sah Silke verwundert an. „Haben meine vier Hengste etwas kaputt gemacht?" Marc verneinte, „Nein, es geht um Ihre Freundin, die sich die Pferde von Ihnen geliehen hat." Maddy sagte, dass sie von ihrer Freundin nichts gehört hatte, sie hatte die Pferde die ganze Woche vor der Kutsche fahren wollen, deswegen hatte sie sich an diesem Tag auch gewundert, dass Julia Meinen, so hieß ihre Freundin und unsere Tote, nicht angerufen hatte, dass die Friesen weggelaufen waren. Marc und Silke schauten sich an, dann holte Marc Luft und teilte Maddy mit, dass ihre Freundin ermordet worden war. Maddy wurde blass und stammelte, „Wie? Ich verstehe nicht... Das kann doch nicht..." Thea war auf Maddy zugegangen, sie nahm ihren Arm, da Maddy zusammenzubrechen drohte. „Kommen Sie, wir gehen ins Haus." Maddy folgte ihr und Thea gab ihr einen Eierlikör, da sie nichts anderes finden konnte auf die Schnelle. Maddy nahm zitternd das Glas und trank es aus. Silke saß neben ihr und hatte tröstend die Hand auf Maddys Schulter gelegt. Marc setzte sich auf den kleinen Tisch vor dem Sofa und befragte Maddy zu Julia Meinen. Nach dem ersten Schock hatte Maddy sich ein wenig gefangen und gab Marc die gewünschten Informationen. Sie beschrieb die Kutsche, die Julia Meinen sich ebenfalls von ihr geliehen hatte. Es war eine historische und reich verzierte Pferdekutsche mit einem Dach. Sie zeigte Marc ein Foto davon, der darum bat, dass sie es ihm per E-Mail sendete. Über ihre tote Freundin wusste sie nicht so viel, wie erhofft, da die beiden erst seit kurzem befreundet waren. Sie hatten sich auf einer Feier kennengelernt, bei sich alle verkleidet hatten und die in der Stickhausener Burg stattgefunden hatte. Julia war verwitwet, ihr Mann war Unternehmer gewesen und war bei einem Autounfall tödlich verunglückt, das war gut zwei Jahre her gewesen. Julia war seitdem allein geblieben, da sie sehr an ihrem Mann gehangen hatte. Maddy meinte, dass ihre Freundin durch das Erbe und eine Lebensversicherung ihres Mannes mehr als gut abgesichert war. Marc hatte sich Notizen gemacht und nickte immer wieder. Unsere Tote hatte ein zurückgezogenes Leben geführt und war nur wenige Male auf diesen Kostümpartys in der Burg gewesen, zu der nur die gut Betuchten eingeladen wurden.

„Die Pferde!", rief sie plötzlich aus, „Ich kann sie nicht länger im Transporter warten lassen." „Sind Sie sicher, dass Sie noch fahren können?" Marc sah sie zweifelnd an. „Ich werde mit Ihnen fahren, damit Sie heil ankommen." „Dann fahre ich hinter euch her, und nehme dich wieder mit zurück." Rainer bot ebenfalls seine Hilfe an und damit verließen die drei mitsamt den Pferden den Hof. Maddy wollte sich die Tage wieder bei Silke melden. Thea, Hinnerk und Silke winkten dem Transporter hinterher, bis er nicht mehr zu sehen war. „Irgendwie hatte ich mich an die Friesen gewöhnt. Vielleicht sollte ich mir zwei Pferde zulegen." überlegte Silke. „Du spinnst!", rief Thea aus, „Du hast genug Tiere!". Sie boxte Silke auf den Arm, die sich lachend duckte, „Ist ja schon gut." „Hast du bemerkt, wie Marc Maddy angesehen hat? Ich glaube, er mag sie." „Das ist doch auch eine hübsche Frau. Beine bis zum Himmel, lange Haare und eine Figur vom Feinsten." Silke fand, dass Marc eine nette Partnerin guttun würde. „Und dann lässt du Rainer mitfahren?" „Wieso? Er holt Marc doch nur ab." Thea verdrehte im Spaß die Augen. „Wenn Ihr den Frauenklatsch beendet habt, könnten wir die Flipchart weiter mit Leben füllen.", unterbrach Hinnerk die beiden Frauen, die ihm peinlich berührt ins Haus folgten, wo noch immer das Essen auf dem Tisch stand. Die drei setzten sich wieder und aßen die inzwischen kalten Nudeln weiter.

Mit einem Glas Wein in der Hand setzen sich Silke und ihre Freunde auf das Sofa und sortierten die Informationen, die sie dann geordnet auf das Flipchart aufbrachten. Es hatte länger gedauert, als den dreien bewusst war und sie zuckten zusammen, als Rainer plötzlich im Raum stand und entrüstet sagte, „Ihr schließt mich nun ganz aus den Ermittlungen aus?" „Du bist schon wieder da?" Silke holte auch ihm ein Glas mit Wein. „Rutsch ran und schau dir an, was wir zusammengetragen haben." Silke ignorierte Rainers Laune, der nun hochinteressiert an der Flipchart stand. Er hatte eine Hand ans Kinn gelegt und überlegte. „Wir müssen da hin!", sagte er. Ich rückte näher zu Silke, die ihre Hand auf meinen Rücken legte und gedankenverloren mit meinem Fell spielte. „Nur wie da reinkommen?" Thea und Hinnerk sahen fragend von einem zum anderen. „Was meint Ihr?" Silke wandte sich den beiden zu. „Wir müssen zu einer Feier in der Stickhausener Burg eingeladen werden." Thea schnaubte, „Wie wollt Ihr das denn anstellen? Außerdem... das könnte gefährlich sein." „Sie haben Recht.", Hinnerk sprach leise und stand dann auf. „Wir müssen an mehr Hintergrundwissen gelangen." Thea hob abwehrend die Hände. „Ich werde da nicht hingehen!" Emma hatte sich zu mir gesetzt und wir schauten den Menschen zu, wie sie diskutierten. Ich fragte mich, ob ich dann mitdürfte, denn es juckte mich in den Pfoten, die Burg mit der Nase zu erkunden.

Die Diskussion dauerte ein paar Minuten an und ich begann leise zu knuttern, da ich ihre Aufmerksamkeit wollte. Silke sah mich an, „Was möchtest du uns sagen?" Ich blickte zur Flipchart, dann zu Rainer und wieder zu Silke. Wie sollte ich ihr nun begreiflich machen, dass ich mit zu einer Party wollte? „Ich glaube, Siley möchte uns auf eine dieser skurrilen Partys begleiten." Emma sah mich erschrocken an und deutete an, dass sie auf keinen Fall da mit hinwollte. Ich stupste Silke an und hechelte aufgeregt, da sie mich verstanden hatte. „Wie sollen wir ihn denn da mit hineinbekommen?" Silke dachte kurz nach, „Wenn doch auch Pferde dahinkommen, dann könnten wir ihn mit einschmuggeln. Siley könnte auf eigene Faust durch die Burg streifen." Thea sah skeptisch aus, aber sie schien sich mit dem Gedanken anzufreunden, auf die Party zu gehen. „Vielleicht können wir Maddy fragen, ob sie noch jemanden kennt, der uns eine Kutsche leihen könnte, dann könnten wir standesgemäß vorfahren." Hinnerks Idee kam bei allen gut an. „Maddy sagte doch, sie war selbst schon mal auf einem der Kostümbälle. Wir könnten über sie versuchen, eine Einladung zu bekommen. Rainer ist doch Steuerberater und diese werden von allen zu den Besserverdienern gehalten." Thea sah Rainer provokativ an, lächelte aber dabei verschmitzt. Ich wurde ganz aufgeregt bei dem Gedanken an solch eine Ermittlung in geheimer Mission und rannte durch das Zimmer. Emma schloss sich mir an und als alle in lautes Lachen ausbrachen, beschlossen sie, das Projekt am nächsten Tag in Angriff zu nehmen. Für diesen Tag wurde das Flipchart weggestellt und der Abend endete mit Scherzen und angeregten Gesprächen.

Rainer hatte am nächsten Morgen einen Zettel auf den Küchentisch gelegt, er war bereits in seiner Kanzlei und würde sich später bei Silke melden. Ich konnte eine gemalte Blume erkennen, die Rainer neben seinen Namen gemalt hatte. Silke legte den Zettel auf die Arbeitsplatte und machte sich daran, Kaffee aufzusetzen. Dann ging sie in den Stall, wo sie die Boxen, in denen bis zum Vortag die vier Friesenhengste gestanden hatten, gründlich ausmistete. Sie nahm einen Wasserschlauch und spritzte die Boxen damit aus und versuchte auch mich zu ärgern, indem sie mich nass spritzte. Das missfiel mit gründlich und mich zugekniffenen Augen und hochgezogenen Lefzen stob ich aus dem Stall. Ich schüttelte mich und trabte in die Küche. Der Hauseingang lag noch im Schatten, doch es war offensichtlich, dass es ein herrlich sonniger und warmer Tag werden würde. Es kam ein wunderbarer Duft nach aufgebackenen Brötchen aus der Küche und ich folgte diesem, um zu schauen, ob es etwas Essbares für mich geben würde. Emma lag mitten in der Küche auf dem kleinen Läufer und verfolgte, wie Thea das Frühstück bereitete. Ich setzte mich provokativ vor Thea hin, doch sie ignorierte mich, also begab ich mich in mein Bettchen und besah mir von dort das Treiben. Mein Magen knurrte, Silke hatte mir noch nichts gegeben, unser Rhythmus war mit den Pferden durcheinandergekommen. Als Thea mit allem fertig war, kam Hinnerk gerade frisch geduscht aus dem Badezimmer und Silke streifte ihre Gummistiefel an der Tennentür ab. „Ihr habt alle das Frühstück gerochen, oder?" Thea sah uns alle nacheinander an und stellte dann Emma und mir unsere Näpfe auf den Boden, die randvoll mit frischem Pansen waren. Wir stürzten uns gierig darauf.

Nachdem die Menschen ihren letzten Kaffee ausgetrunken hatten, wurde ein Tagesplan entworfen. „Da wir momentan nicht wirklich weiter ermitteln können, dafür haben wir derzeit keine Ansätze, würde ich gern mit dem Schlepper eine kleine Tour machen, denke, das tut ihm mal ganz gut, wenn er eine längere Strecke gefahren wird." Silke befand Hinnerks Idee für gut, „Du könntest auch den Anhänger mitnehmen und Hornspäne vom Agrarmarkt holen." Thea wollte sich den Liegestuhl in den Garten stellen. „Immerhin haben wir Urlaub und möchte ich auch einen Tag mal Nichts tun." Silke wollte den kleinen Unterstand der Schafe, der auf der Südkoppel stand, mit einigen neuen Holzlatten ausbessern. „Dann sind alle beschäftig.", stellte Thea fest und räumte den Tisch ab. „Lass!", sagte Silke, „Hol dir den Liegestuhl aus der alten Sattelkammer und such dir ein sonniges Plätzchen. Vorne, wo die Tulpen blühen, da scheint vormittags die Sonne und der Platz ist windgeschützt." Jeder begann mit dem, was er vorhatte. Emma folgte Thea und ich ging mit Silke auf die Südkoppel. Sie hatte einen Eimer mit Nägeln und einem Hammer dabei, Holzlatten lagen hinter dem Unterstand. Lissy kam auf mich zugelaufen und ich tobte kurz mit ihr über die Wiese, die anderen sechs Schafdamen grasten gemütlich weiter.

Nach dem Vormittagstee klingelte Silkes Handy. „Hey Rainer.", sprach sie in das Gerät. „Echt? Das ist ja der Knaller!" Silke sah zu Thea und machte komische Gesten. „Wann denn?" Ich mag Handys nicht, da ich nie genau verstehen kann, was derjenige am anderen Ende sagt, uns so stand ich gespannt neben Silke und jaulte ein wenig. „Super! Dann bis später." Silke drückte aufgeregt das Gespräch weg. „Ihr glaubt nicht, was Rainer heute Morgen geschafft hat", sie hielt die Hände hoch, während sie sprach und ich knuffte sie, damit sie endlich mit der Sprache rausrückte. „Er hat Karten für einen der Kostümbälle bekommen. Einer seiner Mandanten kennt jemanden der Veranstalter.

Übermorgen machen wir eine Zeitreise ins Mittelalter." Silke war begeistert, während Thea eher skeptisch schaute. „Übermorgen schon?", fragte Hinnerk, „Aber wo kommen wir denn an passende Kostüme? Wir können ja schlecht in Jogginghosen dort aufmarschieren." Thea lachte, „Damit wären auf jeden Fall der Hingucker." „Nein. Rainer hat mit dem Veranstalter selbst gesprochen, er mietet die Burg nur für diese Anlässe, und er hat ihm den Tipp gegeben, dass man beim Oldenburger Staatstheater entsprechende Kostüme leihen kann. Rainer ruft dort gleich an und dann können wir da morgen vielleicht hinfahren. Sofern Ihr überhaupt mitwollt." „Hallo?", entrüstete sich Thea, „Wir lassen uns das doch nicht entgehen!" „Rainer hat sogar schon eine Kutsche aufgetan, die einem seiner Mandanten gehört, und er hat bei Maddy um die vier Friesen angefragt." Silke war voller Eifer und überschlug sich fast beim Sprechen. „Ich kann keine Kutsche fahren.", stellte Hinnerk trocken fest. Thea sah Silke an. „Ich habe früher mal Ponykutschen gefahren. Das ist sicher nicht so wie mit vier Vollhengsten davor, aber so schwierig kann das nicht sein. Die Friesen sind ja auch umgänglich." Silke schien sich ihrer Sache sicher zu sein und so nickten Thea und Hinnerk, wobei ich an ihren Gesichtern sehen konnte, dass ihnen nicht ganz wohl dabei war.

Rainer kam mittags zu uns, er hatte früher Feierabend gemacht, damit die Menschen nach Oldenburg fahren konnten, um sich Kostüme beim Staatstheater auszuleihen. Emma und ich wurden in der Küche eingesperrt und wir hörten Rainers Geländewagen davonfahren. Wir nutzten die Zeit, um zu schlafen. Silke war mit ihren Freunden und Rainer in Oldenburg beim Fundus des Staatstheaters angemeldet und nach der ersten Sichtung der Kleider, probierten Thea und Silke einige pompöse Kleider an. Die Männer lachten sich über die Vorführung kaputt und Silke und Thea hatten einen riesigen Spaß daran, die verschiedenen ausladenden und reich geschmückten Kleider anzuprobieren. Irgendwann hatten sie sich entschieden, Thea hatte ein dunkelgrünes Kleid, zu dem sie einen Unterrock rausgesucht hatte. Silke hatte ein dunkelrotes Kleid mit vielen Rüschen am Ausschnitt gewählt. Dann kamen die Männer dran und nun waren es die Frauen, die sich köstlich amüsierten. Am Ende waren alle eingekleidet. Rainer bezahlte die Leihgebühr und sie fuhren mit ihrer Ausbeute wieder nach Hause, wo Emma und ich sie bereits erwarteten.

Bis zum Kostümball war es noch einen Tag hin und Silke organisierte am Abend noch ein Treffen mit Maddy, damit sie beim Anschirren des Vierergespanns nichts verkehrt machte. Dazu fuhr sie wieder nach Amdorf, wo die geliehene Kutsche von Rainers Mandaten bereits mit einem Trailer abgeliefert worden war. Als Silke nach Hause kam, stand das Essen bereits auf dem Tisch, es gab Spaghetti Carbonara, von denen Silke mir später meinen Anteil klein schnitt. „Die haben Thea und Rainer gekocht.", zwinkerte Hinnerk Silke zu. „Haben sie gut gemacht.", Silke freute sich, dass die beiden sich nicht mehr anfeindeten. „Ja, und ich habe die Pudding gekocht.", fügte Hinnerk an. Es herrschte aufgeregtes Geplapper, alle waren gespannt, was auf dem Ball passieren würde. „Wer wohl alles da sein wird...", Silke sah Rainer an, „Vielleicht kennen wir Leute, die ein geheimes Leben führen." Sie lachte lauthals bei dem Gedanken.

Der nächste Tag verlief ereignislos, dennoch war die Spannung zu spüren, die von den Menschen ausging. Alle waren mit etwas beschäftigt und kicherten dabei des Öfteren. Emma und ich fanden das befremdlich und zogen uns zu den Schafen zurück, mit denen wir die meiste Zeit des Tages auf der Weide in der warmen Sonne verbrachten. Abends bekamen wir jeder ein Rinderohr, damit wir den Menschen nicht vor den Füßen herumstanden. Sie zogen sich um, Thea und Silke machten sich gegenseitig die Haare und ich sah Silke an, dass sie sich nicht richtig wohlfühlte. „Ich bin ja nicht so der Partyheld. Meine eigene Courage, dahinzugehen, wundert mich nun selbst. Am liebsten bin ich doch zu Hause bei meiner tierischen Familie." Rainer legte den Arm um ihre Taille, „Wir ermitteln doch nur und, wenn es dir zu viel wird, dann gehen wir einfach." Silke nickte und legte noch etwas Lippenstift auf. „Lady Silke wäre dann so weit."

Die verkleidete Gruppe stieg in Rainers Wagen und fuhren nach Amdorf. Ich durfte mitkommen, Emma blieb zu Hause. In Amdorf spannte Silke zwei der vier Friesen vor die kleine schwarze Kutsche, die ein kleines Dach besaß. Mit den Friesenhengsten davor gab das ein schönes Bild ab, das Rainer mit seiner Handykamera festhielt. Alle stiegen ein, Thea und Hinnerk hinten, vorne Rainer und Silke, die die Zügel in die Hand nahm. Die Stallbesitzerin wurde gebeten, noch ein Foto zu machen. „So etwas muss doch für die Nachwelt festgehalten werden." Silke hatte Freude daran, die Pferde vor sich zu sehen. „Davon möchten wir dann aber auch ein Bild haben.", bat Thea. Ich hielt mich von dem Gefährt fern, Autos mochte ich schon nicht so gerne, aber dieses Ding sah für mich nicht besser aus. „Komm, Siley, du musst doch mit. Deine

Spürnase ist gefragte." Widerwillig sprang ich auf den Kutschbock und setzte mich zwischen Rainer und Silke. Die Kutsche fuhr vom Gelände und schlug den Weg nach Detern ein. In galantem Trab liefen die Hengste vor der Kutsche und alle schwiegen andächtig. „Wie in der guten alten Zeit. Da bekommt man doch glatt Gänsehaut." Thea sprach aus, was alle dachten, und damit löste sich die Anspannung. Nach einigen Kilometern fand ich zu meinem eigenen Erstaunen Gefallen am Kutsche fahren. Sie fuhr nicht so schnell wie ein Auto und die frische Luft wehte mir um die Nase. „Schaut euch meinen Jungen an... Sitzt stolz wie Bolle da und genießt die Fahrt." Silke sah zu mir und lachte. Thea kraulte mir den Rücken. „Du solltest dein Auto verkaufen und auf Kutsche umsteigen. Vielleicht kannst du die Schafe davor spannen." Alle lachten und die Fahrt ging gut voran.

Kurz bevor wir in Detern an der Burg ankamen, sagte Silke, „Versteck dich, Siley, man darf dich nicht sehen." Ich kroch bei Thea unter das Kostüm und sie deckte mich mit einer Decke zusätzlich ab. Die Kutsche bog auf das Gelände der Burg und Silke ließ die Friesen im Schritt bis vor die große Eingangstür laufen. „Guten Abend." Ein Herr im schwarzen Anzug begrüßte uns. „Sie sind geladene Gäste?" „Ja." Rainer zückte die Karten und der Herr wies uns einen Platz zu, wo wir die Kutsche abstellen und die Pferde anbinden konnten. „Sie kommen standesgemäß, das gefällt mir." Der Klang seiner Stimme war mir nicht geheuer, aber ich blieb ruhig in meinem Versteck. Silke band die Pferde an und tränkte sie. „Bleib noch eine Weile unter der Decke.", flüsterte Silke mir zu und strich kurz über die Decke. „Pass bitte gut auf, bring dich bitte nicht in Gefahr. Ich bin in der Nähe, bell, wenn du mich brauchst." Ich knutterte leise, um zu erkennen zu geben, dass ich Silke verstanden hatte. Sie machte sich Sorgen, das war deutlich zu merken, doch nun gab es kein Zurück mehr.

Aus der Burg erklang Musik, nicht wie die im Radio, sie klang komisch in meinen Ohren. Ich wartete noch einige Minuten, dann streckte ich meine Nase unter der Decke hervor und sah mich um. Der Mann am Eingang war verschwunden. Langsam kroch ich unter der Decke weg und sprang leise von der Kutsche. Die Friesen wieherten leise, als sie mich bemerkten. Schnell lief ich rechts um das große Gebäude herum und schaute, ob ich einen Seiteneingang finden konnte. Hinter der Burg sah ich eine Tür offenstehen, es war die Küche, aus der es wunderbar nach Fisch und gebratenem Hähnchen duftete. Ich riss mich zusammen und konzentrierte mich auf meinen Auftrag. Vorsichtig betrat ich die Küche, drei Frauen standen dort und arbeiteten. Flink lief ich vorbei und schlüpfte unter der Schwingtür durch, die die Küche von einem Flur trennte. „War da etwas?" Eine der Frauen schien mich fast erwischt zu haben. „Was sagst du?" Die beiden anderen Frauen sahen sich um. „Ach, ich muss mich getäuscht haben." Ich atmete tief durch, das war wohl knapp gewesen. Auf leisen Pfoten bewegte ich mich den Flur entlang, schaute rechts und links. Meine Nase war fest am Boden und ich konnte den Geruch der toten Julia Meinen wahrnehmen. Ganz schwach war er, das mir sagte, der Geruch war schon älter.

Es gab viele Räume, die alle hohe Decken hatten und mit gewaltigem Mobiliar eingerichtet waren. Während Ich Jeden Raum, in den ich reinkam, untersuchte, schienen mich die Menschen an den Wänden mit den Augen zu verfolgen. Mir war klar, dass es sich nur um Gemälde handelte, ein seltsames Gefühl war es dennoch. So sehr ich mich auch anstrengte, ich fand keine brauchbare Spur. Plötzlich konnte ich Silkes Stimme hören. „Was meint Ihr? Ist Siley schon wieder in der Kutsche?" Rainer sagte etwas, das ich nicht verstehen konnte, da in diesem Moment jemand hinter mir sprach. „Da ist ein Hund." Die Frau aus der Küche, die mich dort schon fast erwischt hatte, hatte mich entdeckt und ich rannte im Zickzack los. Ich schaffte es, an ihr vorbeizukommen und rannte, wie ein schwarzer Blitz zurück zur Küche, in der Hoffnung, dass die Tür nach hinten in den Garten noch offenstand. Das Glück war auf meiner Seite und ich entwischte durch die Tür. Es entstand ein Tumult, der Silke alarmierte. „Wir gehen!", sagte sie bestimmend. Die Frau war mir auf den Fersen geblieben und ich suchte Schutz in der Dunkelheit. Dabei lief ich in die Scheune, die vom Licht des Hofes nicht erhellt wurde. Ich unterdrückte ein Bellen, obwohl ich liebend gern Silke gerufen hätte, stattdessen kroch ich unter etwas, das unter einer Plane verdeckt in der Scheune stand.

Von meinem Platz aus konnte ich unsere Kutsche stehen sehen, wo Silke bereits stand und sich umsah. Sie suchte nach mir, doch ich wagte mich noch nicht aus meinem Versteck, da die Frau noch an der Hintertür stand und mich in der Dunkelheit suchte. Rainer war noch einmal in die Burg gegangen und tat, als ob er etwas verloren hätte, um Zeit zu gewinnen. Thea und Hinnerk saßen bereits in der Kutsche. Die Frau schüttelte den Kopf und verschwand wieder in der Küche. Ich kroch unter der Plane hervor und dann fiel mir etwas auf. Es war mir nicht aufgefallen, als ich mich versteckt hatte, da ich zu bemüht war, unterzutauchen, doch nun roch ich es. Eindeutig war Julia Meinen hier gewesen. Ich wunderte mich und hob mit meinem Kopf die Plane etwas an. Dort stand eine prächtige altertümliche Kutsche, aus der ganz eindeutig der Geruch von der Toten strömte. Diesen Fund musste ich Silke zeigen, doch sie durch Bellen herbeizurufen, wäre fatal für alle gewesen, daher lief ich zwischen den Bäumen zu Silke und zog an ihrem Kleid. Sie drehte sich um und sah zu mir hinunter. „Siley!" Ihre Erleichterung war ungemein und sie hockte sich zu mir. „Wo warst du denn?" Ich zog erneut an ihrem Kleid und forderte sie damit auf, mir zu folgen. „Wartet hier, Siley hat anscheinend etwas entdeckt." Thea und Hinnerk sahen uns nach und gaben Rainer mit Handzeichen an, dass er uns folgen sollte, als er wieder aus der Burg kam.

„Das muss die Kutsche von Julia Meinen sein." Rainer hatte die Plane etwas angehoben. „Halte bitte Ausschau, damit ich schnell ein paar Fotos machen kann." Er machte einige Bilder und beim Aufleuchten des Blitzes zuckte ich zusammen. „Hallo?" Die Frau aus der Küche war wieder da. „Was machen Sie da?" Sie kam bedrohlich näher. „Wir haben unseren Hund gesucht. Er sollte bei den Pferden bleiben, aber der Schlingel ist uns weggelaufen, und wir haben ihn hier gerade gefunden." Die Frau sah uns misstrauisch an. „Hier hat niemand etwas verloren, das ist privat hier." „Entschuldigen Sie bitte, wir sind schon weg." Rainer drängte Silke nach hinten, die Siley am Halsband hielt und mit sich mitzog. „Du kannst etwas erleben!" Silke schimpfte mit mir, aber ich begriff, dass sie das nur tat, damit ihre Geschichte glaubwürdig sein sollte.

Auf dem Rückweg trieb Silke die Hengste zur Eile an. „Ich will nur nach Hause und wieder in Kleidung aus dem 21. Jahrhundert schlüpfen. Das war eine mehr als seltsame Veranstaltung." Rainer nickte. „Ich kenne einige von den anderen Gästen, aber für mich ist diese Art der Freizeitgestaltung nichts." Die Kostüme und Perücken waren ja toll, Geschichte ist auch etwas Tolles, aber die Überheblichkeit der Leute, die war ja schlimm. Silke spannte die Pferde aus, gab ihnen noch Heu, Wasser und Möhren, dann fuhr Rainer uns nach Hause. Zu Hause angekommen, begrüßte Emma mich und ich war hocherfreut, dass sie da war. „Leute, ich gehe ins Bett." Silke zog sich zurück, während Rainer mit Thea und Hinnerk noch Daten am Flipchart ergänzte. Dann zogen auch sie sich zurück. Ich blieb mit Emma zusammen in meinem großen Bett in der Küche und dachte noch kurz über den Abend nach, bis ich von Emmas tiefem Atmen so müde wurde, dass ich einschlief.

## 9

Am nächsten Tag regnete es in Strömen. Silke ließ die Schafe im Stall, sie öffnete die Boxentüren, damit sie in der Stallgasse herumlaufen konnten. „Mädels, bei dem Wetter geht Ihr mir nicht vor die Tür." sagte sie und rollte den Damen einen ganzen Ballen Heu in die Gasse, die sie dankbar annahmen. „Lauf schon ins Haus, ich hole noch schnell die Eier fürs Frühstück." Ich rannte über den Hof und schüttelte mich in der Tenne. Emma war nur kurz in den Garten gelaufen, um sich zu lösen und wartete schon auf mich. Gemeinsam liefen wir in die Küche. Rainer hatte Brötchen im Backofen aufgebacken. Als Silke mit nassen Haaren ins Haus kam, nahm Thea ihr die Eier ab und bereitete Rührei zu. Es wirkte auf mich, als ob wir schon immer mit allen zusammengewohnt hätten. Einerseits war das toll, dennoch sehnte ich mich auch danach, Silke wieder einmal ganz für mich allein zu haben. Das zugereichte Leckerli riss mich aus meinen Gedanken und im gleichen Moment schämte ich mich dafür. Silke sah mich an. „Was ist mein kleiner Engel? Ich denke, ich weiß, was du denkst." Sie streichelte mich und ich spürte ihre Liebe zu mir.

Rainer hatte inzwischen Marc Rohloff angerufen und ihm von der Party in der Burg erzählt. Marc wollte sofort vorbeikommen. „Wir brauchen noch ein Gedeck mehr, Marc ist gleich da." Hinnerk stellte noch ein Gedeck auf den Tisch. Ich hörte den Wagen von Marc als erster und setzte mich mit aufgestellten Ohren auf. „Ich mache Marc schnell auf." Silke lief zur Tür. „Nimm einen Schirm mit!" rief Thea hinter ihr her. „Jo" sagte Silke und griff nach dem Schirm am Haken. Marc stand am Tor, er war bereits ausgestiegen und stand im Regen. „Was habt Ihr euch dabei gedacht?" schimpfte er. „Ohne mit Bescheid zu geben, fahrt Ihr einfach zur Burg." Silke öffnete das Tor, „Komm erstmal rein, du wirst noch ganz nass." Sie hielt den Schirm über sich und Marc. „Silke, ich bin stinksauer." Marc kochte vor Wut, so hatte Silke ihn noch nicht gesehen. „Eure Eigenmächtigkeiten sind nicht nur gefährlich, sie verursachen auch mir Schwierigkeiten." Rainer tauchte in der Tennentür auf. Er war mir gefolgt, da ich das Gebrüll von Marc gehört hatte und wissen wollte, was da los war. „Moin Marc." grüßte Rainer. „Dein Moin kannst du dir schenken. Ihr seid mit eine Erklärung schuldig." Rainer sah fragend zu Silke, die mit den Schultern zuckte und den Finger an die Lippen hielt, damit Rainer schwieg. „Ihr alleine seid schon schlimm, das habe ich ja nun oft genug erlebt, aber mit deinen Freunden seid Ihr schon fast dreist. Denkt Ihr dabei auch mal an mich?" Thea und Hinnerk erwarteten uns in der Küchentür. „Guten Morgen." Thea hielt die Tür auf und ließ den wütenden Marc ein. „Setz dich erstmal und iss etwas mit uns." Hinnerk stellte die Rühreier auf den Tisch und Marc ließ sich auf einen Stuhl drücken.

Nacheinander erzählte jeder, was am Abend auf der Party losgewesen war. Marc hatte sich langsam beruhigt und hörte zu. „Das ist alles? Nur eine Spaßveranstaltung, bei der die Reichen und Schönen unter sich sein wollen?" Marc hatte Zweifel. „Nun ja..." Silke sah zu mir und ich blickte Marc an. „Oh nein" stöhnte dieser. „Raus mit der Sprache." Silke erzählte, dass ich die Kutsche gefunden hatte. Sie ließ dabei jedoch aus, dass dies eher ein Zufall gewesen war. Marc verschluckte sich an seinem Brötchen. „Wusste ich es doch!" Er schaute uns alle mit einem Blick an, der mehr als Worte sagte. „Ihr hättet mich gestern Abend direkt anrufen müssen. Was ist, wenn die die Kutsche inzwischen weggeschafft haben? Dann ist der einzige Beweis verschwunden." Alle sahen betreten nach unten. „Es tut uns leid... Da waren wir dieses Mal etwas übereifrig." Silke sah Marc schuldbewusst an. „Ich muss los, die Maschinerie in Gang setzen, bevor es zu spät ist." Marc stand auf und ging zur Tür. „Danke fürs Frühstück." sagte er nun etwas friedvoller, dann drehte er sich um und ging hinaus. Silke lief ihm nach, „Warte! Es tut mir ehrlich leid wegen gestern." „Schon gut. Aber versprich mir, dass Ihr nächstes Mal, sollte es eines geben, vorher mit mir über so etwas sprecht. Vielleicht wäre ich ja auch gerne mitgekommen." Er lächelte leicht und fuhr dann ab. Silke blieb noch einen Moment in der Diele stehen. Ich war zu ihr gegangen und leckte ihre Hand. „Danke dir, mein Schatz, du verstehst mich."

Den restlichen Vormittag verbrachten wir alle schweigend. Alle dachten über Marc Worte nach und hatten ein schlechtes Gewissen. Der Regen prasselte unaufhörlich weiter auf das Haus und den Hof nieder, daher machte Silke ein Feuer im Ofen. Mit Büchern bewaffnet suchten sich alle ein Plätzchen um den Ofen und sie lasen. Emma und ich schauten aus dem großen Fenster in der Küche. Das Telefon durchbrach mit seinem Klingelnd die befremdliche Stille, die heute in unserem Haus herrschte. Marc war am anderen Ende und Silke stellte auf Lautsprecher, damit wir alle mithören konnten. „Entschuldigt meinen Ausbruch. Ich komme nur in Erklärungsnot bei meinem Vorgesetzten, wenn Ihr auf eigene Kappe ermittelt und dabei Beweisstücke verloren gehen könnten." „Es war dein gutes Recht, uns den Kopf zu waschen." gab Silke zu. „Ich habe zwei Streifen zur Burg geschickt. Die Beamten konnten die Kutsche sichern. Sie stand noch unter der Plane, wo Siley sie gefunden hat. Wir haben sie abtransportieren lassen und sie wird nun in der KTU untersucht. Es ist definitiv Blut in der Kutsche, wir gehen davon aus, dass es sich um das von der toten Julia Meinen handelt." fuhr Marc fort. „Gibst du uns Bescheid, wenn das Ergebnis da ist?" Rainer hatte sich zum Telefon gebeugt. „Logisch. Habe ich denn eine andere Wahl?" lachte Marc. „Ich habe die Veranstalterin dieser Partys vorgeladen. Sie wird am Nachmittag ins Präsidium kommen und mir die Gästelisten der letzten Partys mitbringen. Sie hat sich zwar erst geziert, aber da es sich um Mord handelt, muss ich alle Gäste durchleuchten." Marc beendete das Gespräch, „Gleich kommt das Personal vorbei, ich muss mich sputen, das wird ein Tag mit vielen Gesprächen." Die Stimmung hatte sich wieder gehoben nach Marcs Anruf. Thea holte Kekse aus dem Schrank, Silke setzte Tee auf. Selbst der Himmel klarte auf und Emma und ich konnten draußen ein wenig toben. Hinnerk fuhr mit Rainer in den Supermarkt, um für das Abendessen einzukaufen.

Beim Abendessen überlegten alle, was bei den Verhören wohl herausgekommen war. Ob Marc den Täter schon ermittelt hatte und viele weitere Fragen wurden gestellt. Das Essen zog sich dadurch in die Länge. Es war etwa halb neun am Abend, als es am Tor klingelte. Silke schaute verwundert aus dem Fenster. „Da steht eine Frau am Tor." Die anderen drei blickten nun ebenfalls aus dem Fenster und ich versuchte zwischen ihren Beinen ebenfalls einen Blick auf den unangemeldeten Besucher zu erhaschen. Die Frau, die dort stand, erkannte ich sofort wieder und knurrte böse. „Was sind das denn für Töne?" Silke ging zur Tür hinaus und lief dann zum Tor. Wir beobachten sie vom Fenster aus. Die Frau sprach mit Silke, verstehen konnten wir natürlich nichts, doch ich knurrte wieder. Rainer hockte sich neben mich. „Was ist denn los?" Er ging zum Küchenbuffet und holte ein Fernglas aus der Schublade. „Das ist die Bedienung aus der Küche, die uns auf dem Kostümball fast erwischt hatte." Thea sah auch durch das Fernglas. Silke stand noch am Tor, sie hatte es jedoch nicht geöffnet, sie sprach über das Tor hinweg mit der Bedienung von der Burg. Diese reichte etwas über das Tor zu Silke. Wir konnten sehen, dass Silke der Frau ein Zeichen gab, zu warten, und dann kam sie zum Haus. „Thea? Hinnerk?" rief sie. Die beiden gingen in die Tenne. „Was wollte die Frau?" fragte Thea neugierig. „Sie hat wohl eine Brille gefunden und meint, die würde einem von uns gehören." „Nein, wir haben unsere Brillen, die ist nicht von uns." Silke schaute skeptisch zum Tor. „Woher weiß sie überhaupt, wo wir wohnen?" Hinnerk gab ein Murmeln von sich. „Das ist in der Tat seltsam…" Ich knurrte erneut und wollte zum Tor laufen, doch Silke hielt mich zurück. „Bleib hier, sie soll dich nicht sehen." flüsterte sie. Es fiel mir schwer, nicht zum Tor zu rennen und die Bedienung, die mich auf der Burg erwischt hatte, zu verbellen, doch ich hielt mich zurück. Thea blieb mit mir an der Tennentür stehen, wir hatten uns hinter dem Mauervorsprung versteckt, um bessere Sicht zu haben. „Die Brille gehört keinem von uns." Mit diesen Worten reichte Silke der Frau die Brille wieder über das Tor zu. „Ach so, ich hatte gedacht…" „Darf ich fragen, woher Sie unsere Adresse haben?" Die Frau wurde etwas rot bei Silkes Frage. „Meine Chefin von der Eventagentur hat mir die gegeben." Silke sah sie nur an. „Ich will dann mal wieder los." „In Ordnung. War nett, dass sie die vermeintlich verlorene Brille zurückbringen wollten." Mit diesen Worten drehte sich Silke um und ging zurück zum Haus. Die Frau stand noch kurz am Tor, sie blickte auf die Koppel, und dann stieg sie in ihren Wagen und fuhr weg.

„Das war schräg." sagte Silke, als sie bei Thea und mir ankam. „Sie hat euch erwischt, als Siley durch die Burg gelaufen ist. Ich vermute, sie weiß mehr." Die Männer stimmten Thea zu. Sie waren zu uns getreten. „Ich wollte mit Hinnerk in den Stall und die Schafe für die Nacht in ihre Boxen sperren." Silke strahlte die beiden an. „Das ist lieb von euch. Ich muss mich schnell um Siley kümmern, er hat seinen Anteil vom Abendessen noch nicht bekommen." Bei diesen Worten rannte ich voran ins Haus und freute mich über den kleinen Teller mit Geflügel. Sie schickte derweil eine Nachricht an Marc, ob er etwas Neues erfahren hatte. Marc antwortete im gleichen Moment. „Und?" Thea sah Silke gespannt an. „Er schreibt, dass er außer der Gästeliste keine brauchbaren Angaben erhalten hat. Die Untersuchung der Kutsche dauert noch an." Silke ging zur Flipchart und starrte darauf. Dann riss sie das Blatt ab und legte es beiseite. „Ich habe das Gefühl, wir haben das falsch angefangen." „Heute Abend werden wir das Ganze ausblenden und machen es uns gemütlich." Thea sprach entschlossen und so wurde die Tote mit keinem Wort mehr an diesem Abend erwähnt.

## 10

„Silke! Komm schnell! Da laufen Leute auf der Schafweide!" Theas Rufen hatte mich am nächsten Morgen geweckt. Ich lag im Schlafzimmer auf meiner Kuschelmatte, die neben Silkes Bett lag. Rasch sprang ich auf und rannte in die Küche. Thea stand in der Dielentür und war ganz aufgeregt. „Zwei Leute in dunklen Jacken sind gerade auf die Weide gegangen." Silke ließ das Handtuch fallen, mit dem sie Töpfe abgetrocknet hatte. Sie drängte an Thea vorbei auf die Tenne und rannte auf Socken nach draußen. „Siley, komm mit, ich brauche dich." Ich war längst schon hinter Silke, bevor sie nach mir gerufen hatte und schoss an ihr vorbei. Die Schafe, die Silke schon früh am Morgen hinausgelassen hatte, während ich noch schlief, standen an ihrem Unterstand. Die beiden Personen bewegten sich auf die Schafe zu und ich rannte schneller, um zwischen sie und unsere Schafe zu kommen. Silke folgte mir auf Socken, sie kletterte gerade über den Zaun, als ich bereits vor den beiden Personen stand. Ich bellte und knurrte, was die beiden zum Stehen bleiben brachte. „Hey! Runter von der Weide!" rief Silke im Laufen. Die beiden sahen sie und machten auf dem Absatz kehrt. „Siley, nein! Bleib!" Die Leute liefen über die Wiese und verschwanden im kleinen Wäldchen auf der anderen Seite des Feldweges. Zu gern wäre ich hinter gelaufen und hätte sie gefasst. „Lass sie laufen" sagte Silke außer Atem zu mir, „Ich möchte nicht, dass sie dir etwas antun." Sie lobte mich für meinen Einsatz und sah noch einmal zum, Wäldchen. „Alles in Ordnung?" Thea stand am Stall. „Ja, die Leute sind abgehauen." Silke und ich gingen gemächlich zu ihr rüber. Hinnerk war in die Werkstatt gegangen und hatte Werkzeug geholt. „Ich habe gesehen, dass die durch den Zaun gelaufen sind, der muss repariert werden." Rainer kam gerade mit dem Wagen auf den Hof. „Was ist passiert?" fragte er besorgt. Silke setzte ihn in Kenntnis und er zog sich seine Jacke aus, krempelte die Ärmel hoch und nahm Hinnerk einen Teil des Werkzeuges ab. „Dann wollen wir mal." Thea sah Silke an und zog eine Augenbraue hoch. Ich begleitete Rainer und Hinnerk zu der Stelle, wo der Zaun aufgeschnitten worden war. „Das ist nun das zweite Mal, dass man die Schafe rauslassen wollte. Wer macht so etwas?" Hinnerk schüttelte mit dem Kopf, „Ob das vielleicht mit unseren Ermittlungen zu tun hat?" Rainer sah ihn bestürzt an. „Gestern war die Bedienung von der Eventfirma hier, sie hatte Silkes Adresse, und heute das. Möglich wäre das."

Die beiden Männer flickten den Zaun und prüften ihn in seiner ganzen Länge, doch es war nur die eine Stelle, wo er durchschnitten war. Dann gingen sie zu den Frauen in die Küche. „Das hätte ich nicht von dir erwartet." Thea lächelte Rainer an. „Was meinst du?" „Dass du handwerklich begabt bist." Rainer hielt seine Hände in die Luft, „Diese Finger können mehr, als nur auf einer Tastatur Zahlen in einen Computer hacken." Er begann laut zu lachen und Thea ließ sich davon anstecken. „Nun drehen sie alle durch." stellte Hinnerk fest. Emma und ich sahen uns an und dachten uns unseren Teil. „Lasst uns frühstücken." sagte Silke, nachdem der gemeinsame Lachanfall beendet war. Ich schnappte mir das Brötchen, dass Silke mir reichte und kaute es in meiner Ecke. Emma blieb am Tisch. „Nun sagt doch mal, das war doch seltsam..." „Ich habe mich die ganze Nacht gefragt, woher die Bedienung wusste, wo du wohnst." stellte Thea in den Raum. „Da habe ich eine Vermutung." Rainer nahm einen Schluck Kaffee und fuhr fort, „Ich hatte dem Mandanten, von dem ich die Einladungen für den Ball bekommen habe, erzählt, dass ich dich mitbringen würde. Irgendwann hatte ich ihm mal erzählt, dass ich öfter bei dir bin und auch, wo du wohnst." Nachdem ich mein Brötchen vertilgt hatte, hockte ich mich neben Silke. „Ich rufe Marc gleich mal an und werde Rapport melden, damit er nicht wieder mit uns schimpfen muss." „Ja, besser ist das wohl.", waren sich alle einig. „Und dann möchte ich mit der netten Brillen-Bringerin von gestern ein paar Worte wechseln." Silke sah die anderen an. „Möchte mich jemand begleiten?" Hinnerk bot sich an und da man der Meinung war, dass mehr Leute nicht mitfahren sollten, wollte Rainer sich mit Thea ein paar Gedanken über die bisherigen Erkenntnisse machen.

Bevor Silke mit Hinnerk losfuhr, räumte sie noch die Küche auf. Thea half ihr und sah sie von der Seite her an. „Was guckst du mich denn so an?" lachte Silke. „Jetzt sag mal..." begann Thea. „Das mit Rainer und dir... Seid ihr ein Paar?" Silke stockte kurz und sah dann aus dem Fenster, wo Rainer im Garten mit Siley und Emma tobte. „Rainer und ich kennen uns schon eine gefühlte Ewigkeit." „Das war nicht die Frage." bohrte Thea weiter. „Wie soll ich sagen... Ich genieße es, wenn Rainer da ist, er ist der wichtigste Mann in meinem Leben." Silke sah Thea an. „Auf meine Art liebe ich ihn. Doch, wenn er nicht da ist, dann bin ich auch glücklich, ich habe doch Siley und die Schafe." „Dass deine Tiere dir alles bedeuten, das weiß ich ja, aber sie sind kein Ersatz für einen Menschen im Leben." Thea legte ihre Hand auf Silkes Schulter. „Du magst recht haben. Nur kenne ich

Rainer schon seit über 20 Jahren und es geht nicht mit ihm und auch nicht ohne ihn." Silke schaute wieder aus dem Fenster zu Rainer. Thea folgte ihrem Blick, „Anfangs mochte ich ihn nicht, aber inzwischen muss ich sagen, dass Rainer und du ein famoses Paar abgeben würden." „Wir werden sehen, was die Zeit bringen wird." beendete Silke das Gespräch. Thea umarmte sie und lächelte Silke an.

Die Fahrt zur Bedienung führte uns erst zur Burg. Silke hatte mich mitgenommen mit den Worten, „Du kommst mit uns, damit sie gleich weiß, wo der Hase langläuft." Freudig war ich in den Kofferraum gesprungen und hoffte, dass diese Frau bei meinem Anblick unsicher würde. Hinnerk schaute während der Fahrt aus dem Fenster. „Schöne Gegend ist das hier." „Ja. Aber, wenn man hier wohnt, dann sieht man das manchmal gar nicht mehr." Die Fahrt nach Detern war kurz und Silke parkte direkt auf dem Gelände der Burg. Alles war still und niemand war zu sehen. Hinnerk und Silke liefen zur großen Eingangstür und benutzten den Türklopfer in Form eines Löwenkopfes. Niemand öffnete die Tür und so liefen wir um das Gebäude herum. Die Kutsche, die ich an dem Abend entdeckt hatte, war nicht mehr da, es standen nur noch ein paar alte Heuwagen in der Remise. Bei Tageslicht und ohne die verkleideten Menschen und die Fackeln in der Einfahrt, sah die Burg eher unscheinbar aus. „Lass uns zurückfahren." entschied Silke und gerade, als wir einsteigen wollten, sahen wir die Frau auf die Einfahrt einbiegen.

Hinnerk und Silke warteten auf die Bedienung, die uns mit großen Augen ansah. Sie parkte ihren Wagen unter der Remise, stieg aus und steuerte direkt auf uns zu. „Moin. Haben Sie doch etwas vergessen?" „Nein." Silke sah sie fest an. Die Frau blickte zu mir und verlangsamte ihren Schritt. „Wir sind hier, da wir mit Ihnen sprechen wollen." Sie verengte die Augen. „Worüber? Ich habe wenig Zeit, da ich arbeiten muss." „Es wird nicht lange dauern." Silke sprach feindselig und Hinnerk übernahm das Reden. „Wir wollen Sie wirklich nicht lange aufhalten, daher mache ich es kurz. Haben Sie heute Vormittag den Zaun der Schafkoppel von Frau Lüttmann mit einem Helfer durchgezwickt?" Ich konnte deutlich riechen, dass die Frau Angst hatte, aber auch Bösartigkeit war zu erkennen. „Ich muss ja wohl bitten.", erwiderte sie mit scharfem Unterton. „Was habe ich mit Ihren Schafen zu schaffen?" Sie war sichtlich empört. „Immerhin waren Sie gestern Abend bei uns gewesen und haben, bevor Sie gingen, zur Koppel geschaut."

Silke ging ein paar Schritte auf sie zu. „Das ist doch eine bodenlose Frechheit!" wehrte die Bedienung ab, „Ich habe damit rein gar nichts zu tun." Hinnerk räusperte sich. „Wir glauben Ihnen." Silke drehte sich um und auch ich sah Hinnerk erstaunt an. „Eine Frage habe ich noch, dann sind Sie uns wieder los." Die Frau straffte die Schultern, „Was denn noch?" Woher wussten Sie, wo Frau Lüttmann wohnt?" Die Frau begann zu stammeln, „Also, meine Chefin... Sie waren ja am Abend davor hier gewesen... Wir hatten die Brille gefunden und ich meinte, dass Sie eine aufgehabt hatten." Sie blickte Hinnerk an. „Nur woher haben Sie die Adresse gehabt?" „Meine Chefin hat sie mir gegeben." Es war deutlich, dass sie zu keinem weiteren Wort mehr bereit war. Silke und Hinnerk grüßten noch kurz zum Abschied und gingen zum Wagen. Ich blieb noch stehen und bedachte diese Frau vor mir mit durchdringendem Blick. „Schleich dich!" zischte sie und machte eine abwehrende Handbewegung. „Komm!" rief Silke und ich drehte mich abrupt um und sprang in den Kofferraum.

Zu Hause rief Silke als erstes Marc an und erzählte von ihrem Verdacht. Die anderen hörten zu und so erfuhren Thea und Rainer dabei, was die Bedienung uns mitgeteilt hatte. „Sie stritt das mit den Schafen vehement ab, das wirkte durchaus glaubwürdig auf uns. Vielleicht bin ich da ein wenig zu weit gegangen, aber das passte so gut zusammen." Marc äußerte seine Zustimmung und erkundigte sich, ob Silke und Hinnerk noch mehr herausgefunden hätten. „Wir haben sie gefragt, woher sie meine Adresse hatte. Die Frage hat sie sichtlich aus dem Konzept gebracht." „Kann natürlich auch sein, dass sie noch wegen der Anschuldigung bezüglich des Zaun Aufschneidens aufgewühlt war.", meinte Hinnerk. Ich bellte kurz, um Aufmerksamkeit zu bekommen. „Ach ja, die Frau hat aber ganz klar auf Siley reagiert. Sie war förmlich zurückgezuckt, als sie ihn gesehen hat. Angst vor Hunden kann es nicht sein, denn am Abend des Balles ist sie fast schon auf ihn losgegangen, als sie ihn entdeckt hatte." Marc wollte die Frau noch einmal vorladen und überlegen, ob Siley und Silke dabei sein sollten. Dann legte er auf.

# 11

Mitten in der Nacht klingelte das Telefon. Silke schreckte hoch und ich sprang aus dem Bett, wo ich in Silkes Arm geschlafen hatte. Als Silke in der Küche den Hörer abnahm, war saß Rainer aufrecht auf dem Sofa und die Tür vom Gästezimmer ging auf, aus der Thea und Hinnerk in die Küche schauten. „Das ist ja ein Ding." hörten wir Silke sagen, „Natürlich, wir beeilen uns." Sie legte den Hörer auf und sah in die Runde. „Das glaubt Ihr nicht!" Alle sahen sie erwartungsvoll an. „Es ist ein Feuer in der Burg ausgebrochen." Keiner sagte etwas. „Marc möchte, dass wir sofort hinkommen." Thea schob Hinnerk zurück ins Gästezimmer. „Ziehen wir uns an.", sagte sie nur. Rainer war bereits dabei, seine Sachen zusammenzusuchen und innerhalb von fünf Minuten standen alle abfahrbereit auf dem Hof. Ich stand mit Emma an der Tennentür. „Die Hunde!" rief Rainer. „Wir nehmen sie mit, ich will sie nicht allein lassen." Thea holte Emma und hob sie in den Wagen. „Siley, du auch." forderte mich Silke auf und ich sprang in den Wagen, obwohl Silke mir nicht mein Geschirr angelegt hatte. Auf dem Weg zur Burg kam uns ein Rettungswagen mit Blaulicht entgegen. Dahinter jagte ein Notarztwagen hinterher. „Oha..." Rainer sprach damit aus, was alle dachten. Marc Rohloff hatte uns nicht ohne Grund angerufen. Der Kommissar schien unsere Hilfe zu brauchen.

Das Feuer war schon von weitem zu sehen. Es loderte unheimlich in der dunklen Nacht und ich erinnerte mich wieder an unseren Stallbrand und wie ich mitten im Feuer gestanden hatte, um unsere Schafe zu retten. Emma bemerkte meine Sorge und drückte sich fest an mich. Silke parkte am alten Zollhaus, um nicht im Weg zu stehen. „Die Hunde bleiben erstmal im Wagen." entschied sie, „Wir suchen Marc und können sie später nachholen. Hier sind sie sicher aufgehoben." Ich schaute Silke hinterher, als sie mit den anderen über die Kreuzung lief und das Gelände der Burg betrat, auf dem zwei Feuerwehrwagen standen und jede Mende Leute hektisch hin- und herliefen. Es wurde gerufen und agiert. Der Kommissar stand links auf dem Gelände und ging Silke und ihren Freunden entgegen. Sie sprachen eine Weile miteinander und gestikulierten. Marc wies auf unser Auto und Silke lief los, sie kam zum Wagen zurück und ließ uns heraus. „Bleib dicht bei mir. Ich habe vergessen, dein Geschirr anzulegen, ich muss mich auf dich verlassen können, dass du nicht stiften gehst." Sie sah mir in die Augen und hob dann Emma auf den Arm. „Du wirst getragen, damit du nicht unter die

Räder kommst." Ich lief nah bei Silke, sie brauchte sich nicht sorgen, nichts hätte mich jetzt von Silkes Seite wegbewegt. Mit großen Augen sah ich zum Feuer, das laute Geräusch war fruchtbar, es tat mir in den Ohren weh. Silke übergab Emma an Hinnerk. Es roch nach verbranntem Holz und verschmortem Kunststoff. „Anwohner haben die Feuerwehr gerufen. Sie hatten das Feuer gesehen, wie es in der Küche gewütet hat. Als ich ankam, da stand der Küchenanbau bereits lichterloh in Flammen und die Jungs der Feuerwehr waren schon auf Hochtouren dabei, zu löschen." „Wie ist das Feuer ausgebrochen?" Rainer sah zur Burg. „Das wissen wir noch nicht. Der Brandermittler wird wohl erst morgen Vormittag seine Untersuchung starten können." „Ich hoffe, die Burg kann wieder saniert werden, wäre schade drum." „Ja, so wie es aussieht, war die Feuerwehr früh genug da und konnte das Schlimmste verhindern." Man sah Marc an, dass er noch etwas loswerden wollte. „Uns kam ein Rettungswagen mit Notarzt im Schlepptau entgegen..." Silke sah Marc an. „Deswegen hatte ich euch angerufen. Die Einsatzkräfte haben eine Frau an der Küchentür gefunden. Sie hat schwerste Verbrennungen und wird nun nach Westerstede gefahren." „Wer ist es?" Thea hatte die Hand an die Stirn gehalten. „Es ist die Chefin der

Eventagentur." Für einen kurzen Moment war alles ruhig, mit dieser Information hatte keiner gerechnet. „Das kann doch nicht sein... Wie willst du nun vorgehen?" Silke war fassungslos. „Ich werde sie befragen, sobald sie ansprechbar ist. Es ist natürlich verdächtig, dass plötzlich die Burg in Flammen aufgeht und sie in dem Feuer fast umgekommen wäre. Die ganze Geschichte wird immer verworrener. Es war noch eine weitere Person hier, die zur Sicherheit von einem Arzt untersucht wird." Marc fuhr fort. „Dabei handelt es sich um die Bedienung, eine Mitarbeiterin. Diese ist jedoch unverletzt, wie es aussieht." „Aha.", Silke dachte nach, „Etwa die, die bei uns war mit der Brille und wo ich denke, dass sie meine Schafe rausgelassen hat?" Marc nickte. „Okay. Aber was sollen wir nun hier?" Silke sah auf Siley. „Der erste Löschwagen wird gleich abrücken, dann ist es etwas ruhiger. Ich möchte euch bitten, dass Ihr euch ein wenig umseht. Die Streifenbeamten wurden bereits von mir instruiert, dass Siley das Gelände mit euch absuchen soll. Die Beamten kennen euch ja schon." Marc grinste schief. „Okay, ich brauche dann aber ein langes Seil. Siley hat kein Geschirr um, das habe ich leider im Eifer des Gefechts vergessen. Nun muss ich eine Leine basteln." Marc organisierte ein langes Seil und fuhr dann zur Wohnung der Bedienung. „Ich komme morgen im Laufe des Tages bei euch vorbei, dann tragen wir alle Fakten zusammen."

Silke bastelte eine Retriever Leine und als einer der beiden Löschfahrzeuge abzog, ging sie systematisch mit mir über das Gelände. Ich schnupperte hier und schnupperte dort. Es war schwierig, bei dem überlagernden Brandgeruch, Spuren zu finden. In der Nähe der Küche fand ich dann eine Fährte, die nach der Bedienung roch, entdecken. Ich bellte kurz und Silke holte einen Beamten mit einer Taschenlampe, der den Boden absuchte. Er fand einen Handschuh, den er in eine Tüte steckte. „Der kann auch schon länger hier liegen, aber ich werde ihn an die KTU geben." Mein Instinkt sagte mir, dass hier etwas nicht stimmte, doch konnte ich keine weiteren Spuren finden. „Alles gut, Siley, das Feuer hat viel vernichtet." „Lass uns nach Hause fahren. Es ist kalt und wir können nichts mehr tun." Thea drängelte zur Abfahrt. „Du hast recht, es ist sinnlos, in der Dunkelheit weiter zu suchen." Silke schickte eine Nachricht an Marc und dann fuhren wir nach Hause.

Mein Fell roch nach Feuer und Silke holte ein nasses Handtuch und rubbelte mich damit ab. Dann bekamen Emma und ich einen Keks. Die Menschen saßen mit heißer Schokolade auf dem Sofa und wärmten sich am angefeuerten Ofen. „Schon seltsam... Feuer im Ofen ist wunderschön anzusehen, ein brennendes Gebäude dagegen ist unheimlich." „Tja..." Rainer legte den Arm um Silke. Thea schaute die beiden an. „Was hast du?" fragte Rainer. „Nichts." grinste Thea. Rainer sah Silke an. „Was ist denn los?" „Nichts." Silke lachte und schmiegte sich an Rainers Schulter, der Hinnerk ansah. „Was haben die beiden denn?" Hinnerk zuckte mit den Schultern. „Thea und Silke sind halt so. Verrückte Hühner eben." Alle lachten und tranken ihr Getränk aus. Danach gingen wir wieder ins Bett und versuchten noch ein wenig zu ruhen.

Es hatte keiner richtig geschlafen in der Nacht. Am Morgen sahen alle recht zerknautscht aus und, da niemand Hunger hatte, begaben sie sich mit ihren Kaffeebechern in den Hof, um sich an den Gartentisch dort zu setzen. Ich ließ mir daher etwas mehr Zeit mit meinem Frühstück, es war schließlich kein Leckerbissen vom Tisch für mich zu erwarten. Mit Emma machte ich mich dann Patrouille über den Hof. Wir schnüffelten den Zaun am Garten ab und liefen dann wieder zu den Menschen. „Gib uns etwas Zeit, wir sind noch ziemlich platt von gestern und ich muss auch noch die Tiere versorgen und den Stall machen." Silke sprach in ihr Smartphone. „Sagen wir in zwei Stunden am Krankenhaus." Ich legte mein Kinn auf Silkes Knie und wartete darauf, dass sie sagte, worum es bei dem Telefonat gegangen war. „Marc möchte, dass ich mit ins Krankenhaus komme. Er will die Eventchefin zum Brand befragen." „Ich werde mich dann nochmal hinlegen.", gähnte Thea. Die anderen beiden wollten es ihr gleichtun. „Super. Ich würde auch lieber etwas schlafen.", nörgelte Silke lachend. „Geh doch duschen und dann iss etwas. Rainer und ich können doch den Stall machen. Er muss mir nur sagen, was ich machen soll.", Hinnerk sah zu Rainer. „Das machen wir.", antwortete er und nahm Silke den Becher ab. „Möchte noch jemand einen Kaffee? Ich brauche definitiv noch einen." Mit vier Bechern in den Händen ging er in die Küche und holte Nachschub. Als er seine Becher verteilt hatte, griff er in seine Taschen und hielt Emma und mir einen Rinderstreifen hin. „Hier Ihr beiden. Ich habe doch gesehen, dass euch langweilig ist." Ich nahm es ihm vorsichtig aus der Hand und rannte in die Tenne, wo ich meinen Streifen in Windeseile verputzte. Emma kaute noch an ihrem, als Silke ins Badezimmer ging, um sich für ihren Ausflug fertig zu machen.

Silke dankte Hinnerk, dass er Rainer bei der Hofarbeit unterstützen wollte und fragte Thea, ob sie nicht doch mitwollte. Sie überlegte kurz, „In Ordnung. Ich begleite dich." Dann ging auch sie ins Badezimmer und stand wenig später frisch geduscht vorm Haus. Ich ging mit zum Wagen. „Du kannst nicht mit, mein Engel. Hunde dürfen nicht ins Krankenhaus." Ich ließ den Kopf hängen, zu gern wäre ich bei Silke mitgefahren, um in ihrer Nähe zu sein. Emma stand bei Hinnerk und bellte nach mir. „Pass doch auf Emma auf." Silke streichelte mir über die Ohren. „Lass ihn doch mitkommen. Ich kann mit ihm am Auto warten oder eine Runde beim Krankenhaus mit ihm laufen." Silke rannte zurück zum Haus und holte Geschirr und Leine. „Dann hopp ins Auto." Emma sah mir traurig nach und ich hatte kurz ein schlechtes Gewissen, aber mein Bedürfnis, bei Silke zu sein, war größer und so sah ich nicht mehr zurück.

Marc Rohloff erwartete uns auf dem Parkplatz des Krankenhauses in Westerstede. „Danke, dass du als neutrale Person mitkommst. Ich hoffe, dass Marion Lührs sich an gestern Abend erinnert." „Ich warte hier auf euch.", sagte Thea und leinte mich an. Silke verschwand mit dem Kommissar im Krankenhaus, doch nur wenige Minuten später kamen sie wieder heraus. Ich zog Thea an der Leine hinter mir her. „Das ging aber schnell.", staunte Thea. „Die Eventchefin hat sich selbst entlassen, gleich früh am Morgen, gegen den Rat der Ärzte." Marc schüttelte den Kopf. „Ich dachte, sie hätte so schwere Verbrennungen gehabt.", fragte Thea irritiert. „Die Verletzungen sind anscheinend nur auf einen Arm beschränkt, sie hatte großes Glück gehabt. Der Arzt hat uns gesagt, dass Frau Lührs betäubt gewesen war, in ihrem Blut waren noch Rückstände eines starken Schlafmittels entdeckt worden." Die drei standen auf dem Parkplatz und Marc machte den Vorschlag, dass wir ihn zu Marion Lührs nach Hause begleiten sollten, er wollte direkt dort hinfahren. Silke nickte und wir stiegen ein und folgen dem Wagen von Marc. Er navigierte uns durch Westerstede und wir hielten vor einem reetgedeckten Haus am Rande von Westerstede. Silke ließ mich aus dem Wagen. „Ich möchte Siley mitnehmen. Hunde haben doch eine therapeutische Wirkung.", zwinkerte Silke Marc zu. Dieser klingelte und die Chefin der Eventagentur öffnete uns. Sie sah unsere kleine Truppe erstaunt an. „Moin, Frau Lührs. Geht es Ihnen besser? Das Krankenhaus hat uns gesagt, dass sie auf eigenen Wunsch heute Morgen nach Hause gegangen sind." „Ja, es ist ja nicht viel passiert. Die Wunden am Arm kann auch mein

Hausarzt versorgen. Als Selbstständige kann ich mir krank sein nicht erlauben." „Das kenne wir aus eigener leidlicher Erfahrung. Wir hatten auch ein eigenes Unternehmen." Frau Lührs sah Thea an und lächelte. „Wollen Sie hereinkommen?", sie trat zur Seite und ließ Thea und Marc hinein. Silke zögerte kurz. „Kommen Sie mit Ihrem Hund ruhig auch herein." Die Frau sah mich freundlich an und ich lief manierlich an ihr vorbei ins Haus.

„Frau Lührs, ich würde gerne einige Fragen zum gestrigen Abend stellen. Können Sie sich erinnern, was gestern passiert ist? Jeder noch so kleine Hinweis kann hilfreich sein, damit wir den Fall aufklären können." Ich setzte mich wie ein Musterschüler nah an Frau Lührs heran. Silke ließ die Leine locker und behielt mich im Auge. Die Eventchefin sprach langsam und sah dabei auf das Bücherregal, das hinter Marc an der Wand stand. Vorsichtig rückte ich dichter an die Frau heran, die dies bemerkte und auf mich heruntersah. Sie lächelte, doch mein Instinkt warnte mich. Marc stellte gezielte Fragen und erfuhr von Marion Lührs, dass sie in der Burg eine weitere Kostümparty vorbereiten wollte. Sie war von ihrer Mitarbeiterin unterstützt worden. Sie hatten zusammen etwas getrunken und dann sei ihr schwindelig geworden. „Wie heißt denn die

Mitarbeiterin?" „Beate Schulte. Sie ist seit Jahren bei mir angestellt und hilft mir bei den Vorbereitungen im Vorfeld und an den Veranstaltungsabenden bedient sie auch." Marc blickte kurz zu Silke, danach verließen wir das Haus von Frau Lührs. Beim Hinausgehen fiel mir ein Geruch auf. Mein sekundenlanges Innehalten war Silke aufgefallen, die Marc kurz antippte, der zu mir sah. Dann waren wir wieder draußen und gingen zu unseren Fahrzeugen.

„Ich fahre kurz mit zu euch.", sagte Marc und fuhr los. Thea und Silke fuhren ihm nach. „Was meinst du dazu?", Silke sah Thea an. „Einerseits klang das plausibel, was Frau Lührs sagte. Andererseits schien sie mir etwas zu gefasst zu sein. Immerhin hätte sie bei dem Brand sterben können, wenn die Anwohner das Feuer nicht so schnell entdeckt hätten. Ich persönlich wäre da beunruhigt." „Das Gleiche habe ich auch gedacht. Sie wurde betäubt, das klingt doch nach einem Mordversuch.", meinte Silke. „Siley hat auch etwas bemerkt, aber ich konnte leider nicht erkennen, was da war." „Ist dir aufgefallen, dass Frau Lührs sich gar nicht nach ihrer Mitarbeiterin erkundigt hat?" „Stimmt. Mag aber auch sein, dass sie schon mit ihr gesprochen hat. Diese Beate ist ja nicht bei dem Brand verletzt worden."

Ich lauschte vom Kofferraum aus den beiden Frauen und meine Nackenhaare sträubten sich, ohne, dass ich sagen konnte, warum genau.

## 12

Das Einfahrtstor stand bereits offen und wir fuhren auf den Hof. Rainer hatte es für Marc geöffnet, der kurz vor uns auf den Hof gefahren war. Rainer ließ mich aus dem Kofferraum und Hinnerk trug gerade ein Tablett mit Getränken nach draußen. Emma spürte sofort, dass etwas Interessantes entdeckt hatte und darüber nachdachte. Marc brachte Silke und ihre Freunde auf den neuesten Stand der polizeilichen Ermittlungen und kam dann auf die Befragung bei der Chefin der Eventagentur, Marion Lührs, zu sprechen. „An Euer beider Blicke im Haus von Frau Lührs habe ich gemerkt, dass Ihr das Gleiche gedacht habt, wie ich... Die Frau war nicht ganz ehrlich." Ich ließ ein böses Knurren heraus und Silke sprach für mich. „Siley hat im Flur, kurz vor der Haustür kurz gestoppt und ich meine, er hat etwas bemerkt, doch ich konnte nichts entdecken. Dort, wo er seine Spürnase hingehalten hat, stand nichts am Boden." Der Kommissar schaute mich an, „Könntest du doch nur sprechen..." Die Menschen tranken ihren Saft aus und Marc bat darum, dass alle mit zur Angestellten von Marion Lührs, der Bedienung aus der Burg, fahren sollten. „Ich will meinen Besuch bei ihr nicht als Befragung betiteln und mit Euch dabei würde es den Anschein eines Besuchs haben, mit dem Zweck, sich nach ihrem

Wohlergehen nach dem Brand zu erkundigen." Alle stimmten sofort zu. „An Schlaf ist nun doch nicht mehr zu denken.", meinte Thea und stand auf. Rainer und Hinnerk zogen sich Jacken an. Es war geplant, dass Marc nach uns dort ankommen sollte. Silke hatte zwar noch den Einwand gemacht, dass sie nach wie vor der Meinung war, dass Beate Schulte den Zaun der Schafkoppel aufgekniffen hatte, doch die anderen fanden, das wäre ein guter Aufhänger, und so durften Emma und ich auch mit.

Beate Schulte wohnte im Erdgeschoss eines Mehrfamilienhauses und ich konnte sie aus einem der Fenster blicken sehen, als wir vorfuhren. Wir gingen alle sechs zur Haupteingangstür und noch bevor einer von den Menschen klingeln konnte, hörten wir bereits den Türsummer. Frau Schulte stand in ihrer Haustür und erwartete uns bereits. „Moin. Geht es etwa schon wieder um Ihre Schafe?", begrüßte sie uns gereizt. „Nein.", erwiderte Rainer, „Wir haben vom Brand in der Burg gehört und, dass Sie verletzt wurden, daher wollten wir uns erkundigen, wie es Ihnen geht." Beate Schulte sah uns verwundert an und bat uns dann herein. „Das ist aber freundlich.", ihre Stimme klang unsicher, „Mir ist nicht viel passiert, ich hatte nur Husten vom Rauch. Meine Chefin dagegen hat

Brandwunden am Arm davongetragen."
Sie sah, dass Thea sich in der Wohnung umschaute. „Kommen Sie, wir gehen auf die Terrasse. Möchten Sie etwas trinken?" Hinnerk nahm das Angebot an und bat um ein Wasser, auch Rainer wollte eins. Silke und Thea lehnten ab und zogen die Stirn in Falten. Emma hatte draußen einen kleinen Teich auf dem Grundstück entdeckt und soff darauf. Auch ich stillte meinen Durst daraus. „Oh, da sind Fische drin, die dem Nachbarn gehören.", rief Beate Schulte aus. Wir wurden zurückgerufen und hockten uns neben den Tisch. Frau Schulte brachte drei Gläser Wasser heraus und setzte sich. Man unterhielt sich über den Brand, wobei Frau Schulte nur auf Fragen antwortete und nicht von sich aus darüber sprach. Unter dem Tisch gab Silke mir ein Handzeichen, ich sollte mich ins Haus schleichen und mich umsehen. Ich stupste Emma an und wir schlichen uns wieder in die Wohnung. Mit gespitzten Ohren bewegten wir uns langsam durch das Wohnzimmer. Emma übernahm dann den Flur, während ich die Küche in Augenschein nahm. Ich erschrak, denn im Flur polterte es und ich befürchtete, dass man uns hören würde, doch außer Silke hatte keiner reagiert. Sie saß mit Blick in die Wohnung, während Frau Schulte mit dem Rücken zu uns saß. Sofort lief ich zu Emma, sie zerrte in der Flurgarderobe an etwas. Ich drängte sie

zur Seite und, da ich etwas größer war als Emma, konnte ich den Gegenstand mit den Zähne packen und zog ihn unter dem langen Mantel, der darüber hing, hervor. Mir war auch ohne große Schnüffelei klar, was Emma gefunden hatte und ich war sehr stolz auf sie.

Mit meinem Fund in der Schnauze ging ich den Flur zum Wohnzimmer hoch und steuerte auf die Terrasse zu. Silke hatte Rainer und Marc unter dem Tisch mit dem Fuß angestoßen, da sie mich sah. Diese schauten Silke an, die mit dem Kopf in meine Richtung wies. Nun wurden auch Thea und Hinnerk aufmerksam und drehten sich um. Beate Schulte bemerkte, dass hinter ihr etwas im Gange war und drehte sich ebenfalls um. Als sie sah, dass ich mit Emma im Schlepptau zur Terrasse lief, sprang sie von ihrem Stuhl auf. „GIB DIE HANDTASCHE SOFORT HER!", brüllte sie mich an, doch ich wich ihr aus und lief außenherum zu Silke. Frau Schulte versuchte mich zu packen, aber ich war schneller und so griff sie sich Emma, die immer noch dicht hinter mir war. Sie riss Emma hoch und drohte, „Ihr Köter lässt sofort die Handtasche fallen, oder..." Thea war wie erstarrt und Hinnerk wollte Frau Schultes Arm greifen, doch sie sprang zur Seite. „Oder was?" Silke hatte diesen finsteren Blick und marschierte auf Beate Schulte zu. „DIE HANDTASCHE!", schrie diese wieder. Ich ließ die Handtasche bei Rainer fallen, der sie an sich nahm. Marc war zur Terrassentür gegangen und bemühte sich, die Situation in den Griff zu bekommen. „Frau Schulte. Das bringt doch nichts. Was ist denn mit der Handtasche, dass sie den kleinen Hund verletzen wollen?" Beate Schulte reagierte nicht, sondern hielt Emma weiterhin hoch über ihren Kopf und ich sah, dass Emma Panik bekam. Sie strampelte mit den Beinen und fast wäre sie Frau Schulte aus der Hand gefallen. Ich machte einen großen Sprung nach vorne und erwischte mit den Zähnen den Bund vom Sweatshirt und zog mit aller Kraft daran. Frau Schulte kam ins Straucheln und versuchte mich mit einer Drehung abzuschütteln, doch ich hatte meine Zähne fest in den Pullover gebohrt und zerrte wie wild daran, sie sollte Emma herunterlassen. Aus tiefster Seele knurrte ich und meine Nackenhaare waren aufgestellt. „Geben Sie mir den Hund!", Silke hatte sich vor Frau Schulte aufgebaut und hielt die Hände nach vorne gestreckt, „Siley, fass!" Ich ließ mir dies nicht zweimal sagen und packte mir das Bein von Beate Schulte, die vor Schmerz laut aufschrie und den Griff um Emma lockerte, so dass diese fast heruntergefallen wäre, doch Silke fing sie auf und übergab sie direkt an Thea. „Siley, aus!" Ich folgte Silkes

Befehl und Marc griff nach den Armen von Frau Schulte.

Marc Rohloff hatte einen Streifenwagen gerufen und als dieser eintraf, wurde Beate Schulte abgeführt. Nachdem der Streifenwagen abgefahren war, nahm Marc die Handtasche. „Die Hunde haben hier anscheinend einen wichtigen Hinweis gefunden." Er kippte die Handtasche aus. Alle vier standen um den Tisch herum. Der Inhalt der Handtasche war ganz gewöhnlich für eine Frau: Lippenstift, Parfüm, Taschentücher, Schlüssen und sonstiger Kleinkram. Marc hatte sich Einweghandschuhe aus seinem Wagen geholt und betrachtete jedes Teil. Er nahm die Geldbörse zur Hand, die sehr hochwertig und teuer aussah. „Schau mal einer an...", Marc blickte in die Runde, „Das ist die Handtasche von unserer toten Julia Meinen." Dann nahm er das Smartphone, das sich ebenfalls in der Handtasche befunden hatte. Er drückte auf einen der seitlichen Tasten und der Bildschirm erleuchtete hell. „Das Smartphone ist mit Fingerabdruck zu entsperren. Das ist nun blöd. Da werden unsere IT-ler länger brauchen, damit wir an die Daten kommen." „Ähm... ich hätte da eine Idee...", mischte sich Rainer in den Gedankengang des Kommissars ein, „Julia Meinen ist doch noch in der Gerichtsmedizin..." Alle sahen ihn mit fragendem Blick an. „Oh, ich verstehe...", Marc sah Rainer an, „Das wäre ein Versuch wert." Dann begriffen auch die anderen. „Auf geht es.", drängte Marc und verschloss die Fenster und Türen, bevor alle abfuhren. Wir fuhren wieder nach Hause und Marc wollte zur Gerichtsmedizin nach Oldenburg, um dort mit dem Fingerabdruck von der Toten das Smartphone zu entsperren.

Silke gab mir einen Kauknochen, als wir wieder zu Hause waren. „Du hast Emma gut verteidigt, das war prima, mein Engelchen." Stolz nahm ich meine Belohnung und ging damit auf die Schafkoppel, um in Ruhe den Knochen zu verspeisen und nachzudenken. Lissy, mein Lieblingsschaf kam zu mir und graste in meiner Nähe. Mir fiel wieder ein, dass unsere sieben Schafdamen nun schon zweimal anscheinend in Gefahr waren, aber dass nun, wo die Bedienung bei der Polizei in Gewahrsam war, sie wieder ohne Sorge auf der Koppel sein konnten. Emma blieb bei Thea und Hinnerk, ihr saß der Schreck vom Nachmittag noch mächtig in den Knochen. Bei dem Gedanken, wie die Bedienung Beate Schulte sie hoch in der Luft gehalten hatte, sträubten sich mir erneut die Nackenhaare. Emma gehörte nun zu meinem Rudel, wenn auch nur besuchsweise, und ich betrachtete sie als kleine Schwester. Niemand durfte einem aus meinem Rudel etwas antun, ich passte auf alle auf. Lissy hatte sich neben mich gelegt und ich genoss ihre Nähe. Im Vorjahr, als sie noch ein Lamm war, hatte ich viel mit ihr gespielt und getobt. Die anderen sechs Schafe standen weiter entfernt von uns. Aus den Augenwinkeln sah ich eine Bewegung am Feldweg, wo die Koppel angrenzte. Eine kleine Familie lief dort, zwei Erwachsene und ein Kind, die sich an den Zaun stellten. Als der Mann das Kind hochhob, preschte ich los und rannte laut bellend in ihre Richtung. Sofort setzte der Mann das Kind ab und sie entfernten sich mit schnellen Schritten. Silke stand auf dem Hof, als ich zurück zu meinem Knochen trabte. „Nun entspann dich mal, du Oberaufseher." Ich wedelte mit der Rute, schnappte mir meinen Knochen und lief zu ihr.

## 13

Rainer kam mit Grillfleisch vom Schlachter wieder. Hinnerk hatte den Grill bereits angeheizt und Thea bereitete einige Salate zu. Mit den Tüten voller Grillfleisch lief Rainer über den Hof und ich folgte ihm dicht auf den Fersen. „Für euch beiden Vierbeiner habe ich auch etwas mitgebracht.", lachte Rainer und hielt die Tüten aus der Reichweite meiner Nase, „Gedulde dich etwas." Er verschwand mit den herrlich duftenden Tüten im Haus und schloss die Tür hinter sich, also trollte ich mich in den Stall, wo Silke die Boxen mit frischem Stroh einstreute. „Na, du Racker, darfst du nicht in die Küche?" Ich schüttelte den Kopf und Silke bewarf mich mit Heu. Spielerisch biss ich in die Luft und rannte die Stallgasse auf und ab. „Ob ich zwei Pferde dazukaufe?", überlegte Silke laut. Ich blieb abrupt stehen. „Das war schon schön, als die Friesen hier standen." Ich knurrte leise, der Gedanke, dass hier wieder so große Tiere stünden, gefiel mir nicht. „Du willst das nicht, richtig?!", Silke setzte sich ins frische Stroh und ich legte meinen Kopf auf ihre Schulter. „Vielleicht dürfen wir nochmal die Kutsche leihen und mit den Friesen eine Ausfahrt machen." Vorsichtig leckte ich über Silkes Ohr. „Du darfst dann auch vorne bei uns sitzen." Manchmal hatte Silke komische

Ideen, so ist das bei Menschen wohl. Diese Schaukelei auf der Kutsche hatte mir gar nicht gefallen, was fanden die Menschen nur daran so schön?

Nachdem Silke die Schafe in den Stall geholt hatte und auch die Hühner versorgt waren, rief Thea, „Essen ist fertig! Antreten zur Raubtierfütterung!" „Komm, nun gibt es etwas Feines vom Grill, auch für Emma und dich." Ich stand schon am Gartentisch, während Silke noch den Stall zumachte. Das Wasser lief mir im Maul zusammen und ich konnte es kaum abwarten, bis Silke mir endlich mein Stück klein schneiden würde und mir auf den Boden stellte. Es hupte am Tor und Silke unterbrach das Schneiden meines Stücke, sehr zu meiner Verärgerung. Am Tor stand Marc Rohloff und winkte freudestrahlend in unserer Richtung. Alle liefen zu ihm, doch ich blieb am Tisch, um auf das Essen aufzupassen. Mit einem wilden Geplapper kamen alle inklusive Marc zum Tisch zurück. Es wurde ein weiterer Teller geholt und endlich schnitt Silke weiter mein Stück Fleisch klein. „Hier, das ist für dich." Sie stellte mir meinen Teller auf den Boden nun strich mir über den Rücken. Für Emma gab es eine Bratwurst.

„Es hat tatsächlich geklappt.", begann Marc zwischen zwei Bissen vom Fleisch. Ich hörte nur halbherzig zu, da ich mich mehr auf mein Fressen konzentrierte. „Das Handy ist entsperrt und unsere IT-Abteilung hat alle Daten sichern können." „Und?", alle sahen ihn gespannt an. „Es war hochinteressant." „Was habt Ihr denn auf dem Smartphone entdeckt?", Silke hatte ihr Besteck abgelegt und die Arme aufgestützt. „Frau Lührs von der Eventagentur hatte mit unserer Toten Kontakt gehabt. Sie hat ihr etliche Nachrichten gesendet, in der sie Julia Meinen bedroht hat." „Frau Lührs? Das verstehe ich nicht. Was hat denn dann die Angestellte von ihr, Beate Schulte damit zu tun? Wieso hatte diese die Handtasche von der Toten?" Silke saß verwirrt da. „Frau Ungeduld", lachte Marc, „Das gilt es noch zu klären." „Das verstehe ich nun aber auch nicht.", gestand Rainer. „In den Nachrichten ging es darum, dass unsere Tote von Frau Lührs beschimpft worden war. Julia Meinen war mit einem Unternehmer aus Augustfehn verheiratet, der letztes Jahr nach langer Krankheit verstorben ist. Frau Lührs kannte ihn seit Schultagen und war wohl damals sehr verliebt in ihn gewesen. Nach seinem Studium hatte er dann Julia geheiratet und Frau Lührs war damals sehr enttäuscht gewesen. Die beiden Frauen sind sich vorher nie begegnet, aber Frau Lührs hatte immer Kontakt zu ihrer Jugendliebe Markus Meinen gehalten, immer in der Hoffnung, er würde sich von Julia trennen und zu Marion Lührs kommen. Sie hatte sich da über die Jahre sehr reingesteigert, wie es aussieht, und als sie Julias Namen auf der Gästeliste entdeckt hatte, hat sie Kontakt zu ihr aufgenommen. Julia Meinens Nachrichten lassen eindeutig darauf schließen, dass sie Frau Lührs vorher nicht gekannt hatte." Marc aß weiter und ließ seine Informationen auf die anderen wirken. „Trotzdem ist das doch komisch. Schließlich geht die Polizei doch davon aus, dass auf die Eventchefin, Frau Lührs, ebenfalls ein Mordversuch verübt wurde. Oder etwa nicht mehr?" Silke nahm sich noch vom Salat und sah Marc an. „Das ist in der Tat noch nicht geklärt, aber ich hoffe, morgen kommen wir der Sache näher. Ich habe Frau Lührs in Untersuchungshaft nehmen lassen, da sie dringend tatverdächtig ist, Julia Meinen aus Eifersucht ermordet zu haben." „Beate Schulte passt da aber nicht wirklich rein, oder?", Hinnerk und Thea schauten auf Emma, „Sie war bereit gewesen, Emma zu verletzten, weil sie die Handtasche von der Toten in ihrer Wohnung hatte." Ich merkte auf und drückte meine Nase an Silkes Bein. „Siley möchte auch etwas sagen. Erinnert Ihr euch, dass er im Haus von Frau Lührs etwas gerochen haben muss? Vielleicht hatte da die Handtasche zuerst gelegen und Frau Lührs hat diese dann selbst in der Burg mitverbrennen wollen." „Das wäre möglich. Nur war Frau Lührs doch betäubt gewesen und wäre dann selbst mit verbrannt." „Stimmt.", gab Silke zu, „Das ist noch etwas verworren." „Vormittag verhöre ich die beiden Frauen." Damit endete das Gespräch über den Fall, da plötzlich unser Schäfer Tammo vor dem Tor stand. „Moin!", rief er, „Ihr habt das aber gemütlich." Er wurde eingelassen und auch er bekam noch ein Gedeck vorgestellt. „Ich will gar nicht lange stören." „Du störst doch nicht und es ist mehr als genug Essen da, Rainer hat es mal wieder mit dem Einkaufen übertrieben.", lachte Silke. Tammo tat sich etwas auf seinen Teller. „Warum ich hier bin... Es geht um die Schafe." Ich blickte zum Stall und auch Silke sah hinüber. „Was ist mit unseren Schafen?" „In den letzten Wochen wurden des Öfteren Schafe freigelassen." Rainer legte die Hand auf Silkes Arm. „Wie freigelassen?", fragte er. „Ja, da wurden Tore aufgemacht und Zäune zerschnitten." Silke sah ihre Freunde an. „Bei mir auch..." Tammo schaute zur Koppel und dann zu Silke. „Bei dir auch? Das hast du gar nicht erzählt." „Ach, hier war so viel los... Das muss ich dir mal in Ruhe erzählen. Zwischenzeitlich standen sogar vier wunderbare Friesenhengste bei mir im Stall.", erwiderte Silke. „Wie bitte?", Tammo riss die Augen auf, „Okay, ich nehme das mal zur Kenntnis... Zu den

Schafen. Es waren selbsternannte Tierschützer, die meinten, sie könnten einfach so auf die Koppeln gehen und Schafe freilassen." Tammo verdrehte die Augen. „Diese wurden bei ihrem letzten Einsatz jedoch in Flagranti erwischt und verhaftet. Leider sind durch den Stress bei einem Schafhalter zwei Auen verendet. So viel zum Thema falsch verstandene Tierliebe..." Wir waren alle betroffen bei seinen Worten. Die Vorstellung, dass Lissy sterben hätte können, machte mich traurig. „Oh je...", Silke stöhnte auf, „Da habe ich Beate Schulte nun zu Unrecht verdächtigt, meine Schafe freigelassen zu haben." Alle sahen sie an. „Das mag doch nun wohl wirklich das geringste Problem von ihr sein.", meinte Thea und lachte. Alle waren heilfroh, dass die Schafe nun außer Gefahr waren und eine heitere Stimmung breitete sich aus.

Es dunkelte bereits, als sich Marc und Tammo verabschiedeten und sich alle ins Haus begaben. Schnell kehrte Ruhe ein und der Schlafmangel der letzten Nacht zollte nun seinen Tribut. Ich kuschelte mich an Silke, die mich in ihr Bett mitnahm und träumte von Grillfleisch und Lissy.

Am nächsten Morgen hörte ich, wie Thea Emma hinausließ und schlich mich leise hinterher. „"Guten Morgen Siley.", flüsterte sie, „Schnell, geht kurz raus und lasst alle weiterschlafen." Wir taten, wie uns geheißen und liefen auf leisen Sohlen wieder ins Haus. Silke drehte sich um, als ich mich wieder neben sie legte und schlief weiter. Ich genoss die Stille und sog ihren Geruch in mich auf. Glücklich sah ich sie an, wie sie zerzaust auf dem Kissen lag. Rainer schlief auf dem Sofa im Wohnzimmer und stand einige Zeit später als erster auf. Nachdem er das Frühstück vorbereitet hatte, weckte er alle. Nach dem Frühstück machten wir uns auf den Weg zum Schmuggelpadd, wo wir einen gemütlichen Spaziergang machen wollten. Emma und ich sausten dem Menschentrupp voran und lasen die hinterlassenen Nachrichten anderer Hunde. Die Sonne schien warm auf uns herab und wir gingen bis zum Ende des Schmuggelpadd und bogen dann noch links ab. „Auf diesem Weg kommt man auch nach Detern. Da sind früher wohl wirklich Dinge geschmuggelt worden, abseits der Hauptstraßen." Silke erzählte ihren Freunden Geschichten aus unserer Heimat. Rainer hatte Silkes Hand genommen und Thea lächelte die beiden an. Emma war schneller als ich, rannte mal voraus und dann wieder zurück zu Thea und Hinnerk. Ich dagegen lief immer ein Stück voran und blickte zwischendurch zurück, ob man mir noch folgte. Meine Nase war fest am Boden und ich konnte Spuren von

Hasen, Rehen und Fasanen riechen. Fast wäre ich daran vorbeigelaufen, doch ich machte auf dem Absatz kehrt und suchte, was mich stutzig gemacht hatte. Dann fand ich es und bellte aufgeregt. Ich blickte zu Silke und bellte weiter. „Was hast du gefunden? Einen Goldschatz?" Ich wurde böse und bellte lauter. Silke ließ Rainers Hand los und eilte zu mir. „Hat jemand ein Taschentuch dabei?" Thea zückte sofort eines aus ihrer Tasche und reichte es ihr. „Total nass, aber vielleicht können wir dennoch herausfinden, wem diese Brieftasche gehört und sie demjenigen zurückbringen, der sie verloren hat." Rainer öffnete sie vorsichtig und bekam große Augen. „Das glaubt Ihr mir nicht..." Er hielt den anderen die geöffnete Brieftasche hin. „Wie kommt denn die Brieftasche von Beate Schulte hierher?" Mir war klar, dass damit unser schöner Spaziergang nun beendet war und ich lief schon wieder zurück. „Lass uns die gleich zu Marc bringen." Den Rückweg zum Auto beschritten wir schneller als vorher und so saßen wir dann wieder im Wagen auf dem Weg nach Westerstede zum Polizeipräsidium.

Silke war schon auf der Treppe zum Haupteingang des Präsidiums. „Na los, kommt!", wandte sie sich zu den anderen. „Ja doch.", lachte Thea. „Ihre Ungeduld treibt einen manchmal in den

Wahnsinn." Rainer nahm zwei Stufen auf einmal. Im Foyer des Präsidiums war es ruhig. Silke steuerte direkt auf das Treppenhaus zu. „Hey. Hallo. Zu wem wollen Sie denn?", rief eine Stimme hinter ihr. „Wir müssen zu Marc Rohloff, es ist wichtig." „Ach, Frau Lüttmann, Sie sind es. Ich habe Sie so schnell nicht erkannt. Gehen Sie ruhig hoch, ich melde Sie an bei Herrn Rohloff." Silke wetzte die Treppen hinaus in den ersten Stock und klopfte an die Tür des Kommissars. Ohne auf eine Antwort zu warten, riss Silke die Tür auf. „Marc, das musst du dir ansehen." Der Kommissar saß auf seinem Stuhl und sah überrascht zur Tür. „Moin erstmal." „Ja, Moin. Schau dir das an. Siley hat die Brieftasche von der Beate Schulte gefunden. Sie lag im Schmuggelpadd." Silke redete schnell und aufgeregt. Als die anderen hinter ihr zur Tür hereinkamen, hatte sie bereits Marc die Brieftasche ausgehändigt. „Im Schmuggelpadd sagst du?" Marc überlegte. „Das ändert die Sachlage allerdings. Ich hatte vorhin mit einer Kollegin Frau Lührs verhört. Wir sind uns einig, dass diese Frau seltsam ist, aber was sie sagt, passte zusammen und ihr Alibi wurde ebenfalls bestätigt. Sie ist nicht die Mörderin von Julia Meinen." „Ich mag sie dennoch nicht.", flüsterte Silke. Marc schob alle vier wieder vor die Tür. „Leute, ich muss nun zu Beate Schulte, ich habe keine Zeit mehr für euch. Fahrt nach Hause und macht, was Ihr sonst so macht, wenn Ihr nicht gerade über Leichen stolpert. „Ruf nach dem Verhör aber unbedingt an.", rief Silke ihm im Weggehen noch zu. Marc winkte und schloss die Tür.

Silke lief zu Hause auf und ab. Rainer schickte sie letztendlich auf die Koppel, um den Unterstand zu Ende zu reparieren. Ich begleitete sie. „Was dauert das denn so lange?", Silke sah mich an, „Siley, du hast die ganze Zeit Hinweise gefunden, doch ich war nicht aufmerksam genug gewesen. Nächstes Mal höre ich mehr auf dich." Ich wedelte mit dem Schwanz und leckte ihr über die Hand. „SILKE! Marc ist da." Rainer stand am Zaun und rief zu uns herüber. „Komm schnell.", Silke gab mir einen Kuss auf die Wange und rannte los. Ich kam vor ihr am Zaun an. Etwas außer Atem stand Silke dann hinter mir. „Hat er schon etwas gesagt?" Rainer lachte. „Das würde er sich nicht wagen, ohne dich anzufangen." Silke knuffte Rainer in die Seite. „Du bist doof.", lachte sie. Arm in Arm gingen sie ins Haus, wo ich schon auf sie wartete. Marc saß am Küchentisch und biss in einen Keks. „Na endlich. Das hat ja ewig gedauert, ich wollte gerade wieder losfahren." Marc biss erneut in seinen Keks und Silke schlug ihm mit der Hand auf den Arm. „Du scheinst erfolgreich gewesen zu sein, nur so ist deine Frechheit zu erklären." „In der Tat.", Marc sah breit grinsend von einem zu anderen, „Der Fall Julia Meinen ist abgeschlossen." Thea drückte jedem einen Becher mit Tee in die Hand. Marc nahm einen Schluck und begann zu reden. „Nachdem Ihr mir die Brieftasche von Beate Schulte gebracht habt, habe ich sie direkt danach damit konfrontiert. Sie ist förmlich zusammengebrochen und hat gestanden, dass sie Julia Meinen getötet hat." Er sah in die Runde. „Was hatte sie denn für ein Motiv?" Silke brannte vor Neugier. „Gar keins." Rainer sah Thea an, die mit den Schultern zuckte. „Naja, im Grunde hatte sie doch eines. Ihre Chefin, Frau Lührs, sie hat ihr 10.000 Euro geboten, damit sie für Frau Lührs die verhasste Frau ihrer Jugendliebe Julia Meinen umbringt. Beate Schulte hat Schulden und hat sich daher auf den Deal mit ihr eingelassen." Silke war sprachlos. Hinnerk ergriff das Wort, „Für 10.000 Euro hat sie einen Mord begangen, der überhaupt keinen Sinn macht?" Er war entrüstet. „Die Eifersucht der Frau Lührs war dermaßen krankhaft, dass sie selbst nach dem Tod ihrer Jugendliebe Markus Meinen einen starken Hass auf Julia Meinen hegte. Dabei wusste Julia Meinen bis zum Besuch des Kostümfestes nichts von Marion Lührs. Sie war wohl leider zur falschen Zeit am falschen Ort." Alle schwiegen betroffen.

„Aber der Anschlag auf Frau Lührs? Und das Feuer? Wie passt das zusammen?" Thea sah Marc an. „Auch den Fall haben wir gelöst." „Wow!", entfuhr es Silke. „Im Grunde war es das Auffinden der Handtasche, die Siley und Emma entdeckt haben. Die Angestellte von Marion Lührs hatte die Handtasche von der Toten aus dem Haus von Marion Lührs mitgenommen. Siley hat vermutlich die Stelle gerochen, wo sie gestanden hatte. Beate Schulte wurde von ihrer Chefin erpresst, nachdem sie in deren Auftrag Julia Meinen getötet hatte. Die Eventchefin hat ein perfides Spiel mit ihrer Mitarbeiterin gespielt. Beate Schulte sollte nun ständig einspringen und arbeiten. Daraufhin hat sie ihre Chefin betäubt und das Feuer in der Küche der Burg gelegt, damit Marion Lührs darin umkommen sollte."

Silke sah Rainer an. „Liebe ist schon seltsam. Einerseits die schönste Sache der Welt, andererseits verursacht es schlimme Dinge." Er sah sie lächelnd an. „Es muss ja nicht immer schlimm enden." Thea hakte sich bei Hinnerk ein und grinste wie ein Honigkuchenpferd. „Es tut mir leid für Julia Meinen. Sie soll sehr sozial engagiert gewesen sein und mit ihrem Mann zusammen Projekte am Ort unterstützt haben. Geld war den beiden nie wichtig, wie ich gehört habe, obwohl sie sehr vermögend waren." Es herrschte kurzes Schweigen. „Dann werden nun beide vor Gericht kommen?" „Ja.", bestätigte Marc. „Eine Frage habe ich aber noch... Wie kamen die Friesen zu mir, während die Kutsche bei der Burg stand?" „Auch das hat Beate Schulte erklärt. Sie hatte Julia Meinen in der Kutsche erstochen, als diese auf dem Ball angekommen ist. Dann ist sie mit ihr nach Vreschen-Bokel zur Bokeler Brücke gefahren und hat sie dort abgeladen. Mit der Kutsche ist sie dann wieder zur Burg gefahren, damit es nicht auffällt. Nach dem Fest hat sie die Kutsche unter der Plane versteckt, da sie sie noch reinigen wollte. Deswegen hatte sie auch auf Siley so aggressiv reagiert, als dieser in der Remise herumgeschnüffelt hatte. Später ist sie über den Schmuggelpadd mit den Pferden gelaufen und hat diese dann dort verjagt. Daher sind sie dann bei dir vorbeigaloppiert." Thea musste lachen, „Das ist ihr dann letztendlich leider auch zum Verhängnis geworden." Sie hob beide Hände und konnte das Lachen nicht mehr aufhalten. Ich rannte in der Küche umher, die gute Laune steckte mich an. „Ihr habt mich zwar zwischendurch wahnsinnig gemacht mit eurer Eigenmächtigkeit, aber nun muss ich gestehen, dass ich den Fall ohne euch nicht so schnell hätte lösen können. Die Fakten waren schon recht verworren." Marc dankte allen. Ich blieb abrupt stehen und legte den Kopf auf die Seite. „Deine Nase hat auch dieses Mal wieder gute Dienste geleistet. Und natürlich auch die von Emma.", wurden wir gelobt. Ich war zufrieden.

# Epilog

Thea und Hinnerk blieben noch eine Woche länger als geplant, und in der Woche unternahmen wir kleine Ausflüge in der Umgebung und genossen die gemeinsame Zeit. Beim Abschied flossen Tränen, doch sie versprachen, trotz all der Aufregung und Unruhe während ihres Besuches, wiederzukommen. Es gibt nichts Wertvolleres als Freunde, die in allen Lebenslagen zu einem halten und mit einem durch die größten Abenteuer gehen. Silke und ich leben eher zurückgezogen, doch ist die Zeit mit unseren Freunden kostbar für uns.

In diesem Sinne grüßt Euch

*Siley*

# Tod im beschaulichen Augustfehn

Print:       ISBN 9783756800148
E-Book:      ISBN 9783756830220

## Tod im Aper Tief

Print:      ISBN 9783754349410
E-Book:     ISBN 9783756846528

# Krebs sei Dank

Silke Lüttmann

# Krebs sei dank

Wie ich durch den Krebs über
mich hinaus wuchs

Bericht

Print:         ISBN 9783751997096
E-Book:        ISBN 9783752632989

# Ich werde Bürgermeisterin

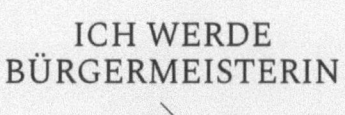

Print:        ISBN 9783754343708
E-Book:       ISBN 9783754370551